六角丛书

一个背包客的光影六城记

丛义哲 著

武汉大学出版社
WUHAN UNIVERSITY PRESS

图书在版编目(CIP)数据

一个背包客的光影六城记/丛义哲著.—武汉:武汉大学出版社,2012.11

六角丛书

ISBN 978-7-307-10126-5

Ⅰ.一… Ⅱ.丛… Ⅲ.游记—作品集—中国—当代 Ⅳ.I267.4

中国版本图书馆 CIP 数据核字(2012)第 231982 号

责任编辑:夏敏玲　　责任校对:刘　欣　　版式设计:韩闻锦

出版发行:**武汉大学出版社**　(430072　武昌　珞珈山)

(电子邮件:cbs22@ whu. edu. cn 网址:www. wdp. com. cn)

印刷:湖北恒泰印务有限公司

开本:880×1230　1/32　印张:4.5　字数:71 千字

版次:2012 年 11 月第 1 版　　2012 年 11 月第 1 次印刷

ISBN 978-7-307-10126-5/I·608　　定价:18.00 元

六角丛书

自序

丛义哲，双鱼男，专栏作家。

小学三年级赚到了第一笔稿费；中学时迷恋上摄影，热衷于穿梭城市角落，用镜头捕捉形色瞬间；大学掌机操刀独立电影与小剧场先锋戏剧；后在法国生活、学习数年，不经意间游历欧陆许多国家。现居北京，因兴趣和工作继续行走于这座星球的各个板块。

长期为国内外多家媒体供稿，文字和摄影作品散见于《美国国家地理》《三联生活周刊》《城市画报》《时尚旅游》《旅行家》《周末画报》《东方壹周》等。

没想到我真到了欧洲。

这归功于一段听上去难免俗套的轻喜剧：大学时，我与一位同班友人私交甚密，课余时常探讨电影与戏剧，以至人生种种。毕业前，她猛攻法语，准备去欧陆走一遭。而我刚考完托福，正跟香港某大学的导师玩命“套磁”。我们时不时地碰面，交换留学前的各种心得，分享情报以求共勉。结果数月之后，她去了香港读传媒，我到了法国学电影。

此间奇妙的“人生大挪移”，直接导致我在以法国为核心的“欧圆”区中留下了三年的青春时光。那些记忆就像头不知名的怪兽，不经意间就从某段思绪的角落里一跃而出，瞬间吞没我所有的过往，然后满意地打个饱嗝，吐出一堆或完整或琐碎的细枝末节来。

去欧洲之前，我的旅行仅仅止步于国内游山玩水的初级阶段。一本中国护照和一张法国长居证，瞬间就解决了所有问题——我只需对着地图冥想片刻，就可以在隔日撒欢似地奔向某个崭新的目的地，直到弹尽粮绝，心生倦意。对我而言，在延伸着时间和距离的欧陆，在充斥着不期而遇的欧陆，在荡漾着吉光片羽的欧陆，只要最基本的食物与水、最便宜的机票和小旅馆，加上最真实的人与物，配搭最惬意的天气，便成全了一段再简单不过的旅程。

也许是因为过于敏感导致的习惯性脆弱，独自上路左右着我几乎全部的旅行生活。于是，某年某月某日某时，在某座城市某条街道某户人家的某扇窗户里，我瞥到了自己最真实的模样——期待这种梦魇式的定格画面，几乎成了每次旅行中我无法克制的嗜好。

意大利是我第一次离开法国开始的长途旅行。

初冬，我从巴黎出发，依次造访了罗马、梵蒂冈、比萨、佛罗伦萨与威尼斯，算是从南至北纵贯了几乎整个亚平宁半岛。在此之前，我对意大利的全部印象只限于恺撒、文艺复兴、斗兽场的血腥味、罗伯特·巴乔飘逸的长发和费里尼优雅的黑白电影。这些满地都是欧洲古老图腾的地方所流露出的魅力尽管一度无法比拟，但千百年后，也照样尘归尘，土归土，一半载入被神话的文明史卷，一半流于被放大的世俗生活，让后人心生艳羡。

这本书，是我在那段旅行时光的真实回忆：一位中国背包客，从一座古镇到一座都市，从一个世纪到一个时代，从一种生活到一种人生，从一些感觉到一些领悟……最后发现，这些经常被世人用形容词堆砌的城市，其实可以简单，可以繁复，也可以在某个瞬间，变得大不同。

目录

CONTENTS

巴黎，雅克先生的午夜客厅

Paris, the midnight drawing room of Mr. Jacques

身为一名背包客，要想缩衣节食地在欧洲旅行，自然不可避免地跟“廉价航空”扯上关系，运气足够好的话，9.99欧的含税机票还真不是天上掉馅饼。由衷感谢Ryan air和Easyjet这两家航空公司提供的40欧往返机票，此项善举使我有充足的预算，可以放心地预订星级酒店而不必再对青年旅馆耿耿于怀。当然，廉价也是要付出代价的，我不得不牺牲两个夜晚在机场里就地扎营，苦苦守候日出时分那该死的check-in。

要不是地铁只在5点半准时运行，要不是仅有一班6点出发的机场巴士，要不是必须在早晨7点前赶到荒郊野外那座不知名的小机场，我死都不会在巴黎过夜！作为一名正在图尔（法国中部的古老小城，宁静安全，临近巴黎）读书的学生，在巴黎这座光鲜靓丽却危机四伏的都市里，我实在有过太多美好而不堪的回忆，像是潜伏着某种莫名的恐惧，犹如患上了被害妄想症一样，神经质般的敏感。

在开往巴黎的TGV（法国高速火车）上，我聚精会神地研究着旅行指南里的意大利，反复比较计划的路线，预想可能出现的意外，考虑及时应对的策略。如果不是立志投身于虚荣缥缈、前途未卜的电影艺术工作，这种精神和觉悟，应该会使

<<<

协和广场上的巨型摩天轮

我成为一名优秀称职的导游。

步出奥斯特里茨火车站（Gare de Paris-Austerlitz），地上的雨迹尚在，倒映着昏黄的路灯，秋风卷起落叶，在空中划着优雅的弧线，巴黎已进入一年中最冷冽的季节。眼前这座为纪念捷克小镇布尔诺附近发生的奥斯特里茨战役而命名的车站，墙壁上的巨幅壁画描绘着拿破仑在1805年12月于奥斯特里茨战役中，是如何英明神武地击溃"第三次反法同盟"的……历史的光辉日渐黯淡，路边的LED广告屏却耀眼夺目，橱窗里Channel和Dior的冬季新款妩媚奢华，在模特们身上暗自较劲。看得出神，却被一阵莫名急促的喇叭声吓得一哆嗦——巴黎的汽车从来不会让道，总是呼啸着擦肩而过，留下惊魂未定的路人。

沿着那座熟悉的桥前行，已经记不清楚是第几次经过这里去对岸的里昂火车站（Gare de Lyon）。脚下的塞纳河毫无声息地穿流着，远方的圣母院灯火辉煌。岸边的帐篷里，流浪汉们聚在火堆旁弹着吉他自娱自乐。幽暗的路灯下，有情侣拥吻。夜色中的巴黎，富有独特的魅力。在阴暗的彼端，是大片流光溢彩，沉寂、含蓄、狂野、奔放，让人又爱又恨，欲罢不能。

于是我索性钻进地铁站里，一遍遍地在巴黎的地下迷宫中毫无目的地穿行。偶尔清醒过来，便偷偷爬出地面，隔着撩人的夜色透透气。顺便看一眼，那些标志性景观是否也像白日那般熙攘不堪。

大本敲了12下，我独自坐在候车厅里。除了这里，我实在想不到其他暖和、安全又免费的地方了。半个小时之后，深感无聊的我便开始打探起周围一干人等：成群结队的黑人青年提着录音机，于巡警默默的注视中，在上上下下的电梯里徘徊，嘻哈音乐如影随形；隔壁的阿拉伯人抱着行李睡得很香，张大嘴巴，帽子歪在一边；对面西装革履的中年男子正大口咀嚼着汉堡包，生菜叶的碎屑落在他发亮的皮鞋上，左边上衣口袋里插着一本小说，开头的字母是大写N；旁边带着孩子的妈妈在看报纸，每翻过一面，她都会皱皱眉头；不远处老太太脚下的狗总也不安分，扑闪着眼睛，似乎对我的围巾充满好奇。

某一瞬间，人们能看到很多细节。那些可能被放大的东西，往往被轻易忽视。也只有这个时候，我才真正觉得自己是个孩子，努力睁大好奇的眼睛，试图感知整个世界。手指暴露在彻骨的寒风里，开始有节奏地微微颤抖，只有不停地回复一条条慰问和叮嘱的短信，我才感觉自己没有被完全遗忘。如果

<<<

火车站对面的咖啡馆

能为那部8mm的佳能摄影机找到合适的胶片，我会拍下此刻的全部，在很多年之后，放给自己看，一定特别有趣。

手机里的音乐播放列表从A听到Z，我开始数羊……两点钟，广播里突然说火车站即将关闭，警察和工作人员开始蠢蠢欲动，用眼神示意我们这些“难民”迅速离开。5分钟之后，整个大厅空空荡荡。我和其他几个“冒充”等车的背包客夹杂在乞丐和无家可归者之间，相对无言，唯有尴尬地对视。把所有牢骚、抱怨、不满、愤怒的词汇在心里过了一遍，也依然于事无补。大家在寒风里蜷缩着，不时跺着脚，搭讪聊天，或窃窃私语。我一时手足无措，还有四个多钟头，该如何打发？抢墙角流浪汉的睡袋，去还没关门的咖啡馆喝上一杯，还是神经质地夜游巴黎？

就在我望着天空发呆的时候，“救世主”出现了。一位40岁左右的大叔，刚送完朋友出来，看上去和蔼可亲——那是一张我会永远记得的脸。在一群白色、棕色、黑色皮肤中，他发现了一张茫然无措的亚洲面孔，于是主动过来善意地问我，为什么这么晚了还不回家。我临时撒了个谎，说在等早上去意大利的火车。就这样开始攀谈起来，从旅行见闻到法国电影，渐渐知道他老家在古巴，却于巴黎长大，还得悉他不久前去过越南，新加坡和中国香港、澳门、上海。他有一口流利的英文，并通晓意大利和拉丁语，似乎无所不知，身份诡秘。

他看看表，对我说，如果不介意的话可以去他家过夜，车停在不远处。我突然警觉起来，某些画面开始闪回，有个声音大叫着：安全第一！可在这如此寒冷的冬夜里，在这乱糟糟的巴黎火车站外，除了发抖我别无选择。去就去，大不了拼命。于是屁颠屁颠地跟着，钻进路边一辆老爷车里。有只小狗突然跳到我怀里，立刻吓得半死。

汽车兜兜转转，拐了几个弯就到了，原来他家就在巴士底附近。沿着旋转楼梯一路上行到顶层，那是间看上去很不错的公寓，大片的百合花和玫瑰簇拥在大门四周。

我很喜欢他的房间，墙上挂满了老照片和相框，还有来自世界各地的纪念品——非洲的木刻、泰国的铜佛、越南的斗笠和西藏的檀香；在客厅的角落，有成堆的唱片；一只狗，两只猫，构成他生活的全部。直到参观完隐蔽的工作间，才揭晓他的真实身份，一位深藏不露的设计师。他拥有自己的品牌，所有设计完工的成衣上都有一个醒目的大写 J。我快速扫视那些堆积如山的作品，看中了一双鞋子，上面繁复的花纹，实在令人浮想联翩。

他递给我一杯绿茶，然后坐在沙发里，终于开口发问："Je suis Jacques de Kera，et toi?（我叫雅克·德·克拉，你叫什么?)。我知道初次跟陌生人说话，法国人很少会用 toi 的，这么说，我已经是雅克先生的朋友了。于是，我把自己真实的旅行计划和盘托出。他点着头听完，然后递给我一张印有他头像的 CD，打开电视，Canal+里正播放着关于他的采访片断，还有他演唱的 chanson 和 jazz，近乎全才。我很喜欢那首 C'est Paris（这就是巴黎），舒缓的曲风，令人陶醉。接下来的几个钟头里，我们边喝茶边聊天，最后困倒在沙发上。那个晚上，我做了奇怪的梦，自己从高空摔下来，丢失了所有记忆，于是开始寻找……嗡嗡作响的手机闹钟把我从迷乱中拽出来，蹑手蹑脚收拾好东西，不想再打扰这位好心的先生。他的猫冲我叫，先生醒了，叫我等一下，他开车送我去地铁站。一路无言，跳下车，只有不停地说谢谢。他拍拍我的肩膀，祝一路顺风。我告诉他会在梵蒂冈给他寄张明信片，写上 God be with you（愿上帝与你同在），他笑着说，you too（也与你同在）。

<<<

雅克先生家窗外的巴黎夜

<<<

巴黎速写

穿行在巴黎地下迷宫里，还在回想刚才那段奇异的经历。乘地铁一号线到 Porte de Maillot，偌大的广场上就我形单影只，看看表，5 点差 10 分。猛回头，发现有位仁兄正躺在草坪上的睡袋里，巨大的登山包丢在一边，正肆无忌惮梦游虚空。钻进开往机场的巴士，靠着窗户坐下，拥挤的乘客们散发出温暖的气味，很容易昏昏欲睡。我总在刹车时醒来，隐约看到灯光忽闪的晃动，照亮前方漆黑的路面，那一瞬间，像极了大卫·林奇的《妖夜慌踪》……恍然间被司机叫醒，告诉我到了。跳下车，立刻打了个寒战。看到竖立着巴黎布韦机场（Aéroport de Paris Beauvais）的牌子，是这里没错。爱尔兰的廉价航空居然也开到巴黎，不知法国政府作何感想！不过跟法航的高价路线相比，它确实太富诱惑力，拖着行李的滚滚人潮足以说明所有问题。步入大厅，递上预订单，道声早安，工作人员睡眼惺忪地看了看，就把登机牌连同护照塞回我手中，咧开嘴，挤出一句：Bon voyage（旅途愉快）。

过了安检，躺在候机厅的座椅上，感觉那座同巴黎一样伟大的城市就近在咫尺。看着飞伦敦的乘客离去，看着飞马德里的乘客离去，看着飞法兰克福的乘客离去，隐约有种晚点的征兆——对于廉价航空而言，这是家常便饭，不需要解释。对于选择了廉价航空的旅行者而言，也是司空见惯，只需要耐心等待。半个钟头之后，我登上飞机，耳边立刻就被 ciao 和 buon giorno 的嘈杂意大利语所占据。这架波音 737 绝对比空客 320 稳定，至少起飞的时候耳膜在轰鸣中少了些许隐隐作痛。今天的巴黎，天气很好，阳光灿烂，看不到云朵。赶紧戴上墨镜、塞上耳机，留下一片昏昏欲睡的漆黑。

我的旅途正式开始。

罗马，一日即永恒

Rome, an eternal day

睁开眼，瞥到窗外连绵的阿尔卑斯山。遍布积雪的峰顶在阳光的反射下，变成了可口的冰淇淋。转过头，旁边酣睡的西班牙帅哥，口水快掉到地上，被他女友看到的话，一定不堪设想。

广播说，20 分钟后即将抵达罗马。这句从意大利人口里蹦出来的奇怪英语，我过了好久才反应过来，不禁对自己的听力产生恐慌。望向窗外，看到云层下面成片的建筑，一圈一圈，以每座高耸的城门为中心，向远方扩散。

“意大利”这三个字，总会让人浮想联翩，然后肃然起敬。从帝国、元老院、角斗士、征服、扩张、疆域、拜占庭、王权，到中世纪、宗教、哲学、文艺复兴、壁画、雕塑、建筑和歌剧；从恺撒、屋大维、但丁、达·芬奇、马可·波罗、哥伦布，到墨索里尼、教父、黑手党、费里尼、帕瓦罗蒂和一众帅气的足球天才们……那些冗长的词汇恐怕只有在百科全书里才能一一列举，而且没有尽头。这个 1861 年才真正实现统一的国家，却是欧洲最为辉煌与荣耀的历史象征。它的利刃和鲜血，染红过整个大陆，渗入地中海。

而作为世界上独一无二的永恒之城——罗马，其两千五百年的伟大历史，留下了堪称无价之宝的艺术遗产，沉淀了太多文明的延续与传承，给人无限的期待。

想到上述话的时候，难免有些心虚。即将面对的是近两百座各式风格的教堂、广场和数不清的密密麻麻的景点，实在是来势汹涌，不可阻挡。翻来覆去搜索着旅行指南中的介绍，把五星推荐全部标出来，看样子够走个把星期的。可从严格意义上讲，我只有两天的时间在此停留，还要忍痛割爱抽出一整天去造访梵蒂冈，连同那个超级耗时的博物馆。窗外突然阴云蔽日，开始飘起小雨，情况似乎有些不妙。

10 点 35 分，飞机降落在钱皮诺机场（Rome Ciampino）。意大利人比法国人还不紧不慢，我眼睁睁地看着前面黑压压的乘客收拾好行李排着队挤出舱门，竟然花了足足半个钟头。下了悬梯，才发现天已然放晴，雨后清新的空气让人心情舒畅。深深吸口气，开始暴走的一天。

匆匆窜出到处施工的机场，望着吊车从头顶飘过，搭机场巴士赶去地铁 A 线的终点站 Anagnina，那里通往罗马中央火车站（Stazione Termini）——离我预订的酒店最近的地方。机场巴士售票员是个年轻的帅哥，面带微笑，看上去有些腼腆。

<<<

罗马街景

旁边站着司机模样的大妈，双手叉腰。仔细一看，居然是飞机上的空姐，心里暗自佩服廉价航空果然厉害，一人多用，服务到底，不省钱都难。车上的黑人大哥拖着位黑人大嫂，一脸镇定。他们的背包是我见过的最酷的，插满了花枝招展般的各国国旗，亚非拉欧美，一个都没落下，羡煞旁人。

看着沿途衰败的郊区风光，感觉罗马明显比巴黎破旧，小楼连着窄屋，平房靠着矮墙。路况也是坑坑洼洼，积水涟涟，有中国某些大省会的风范。

下了车，居然看到久违的彩虹。在确定那是众神的欢迎式后，我兴奋地拿出相机，可惜太过遥远，只能傻傻地看。之后转过身，发现迷路了。其实也就是在停车场里来回转悠，却始终找不到地铁入口，连个指示牌的影子都没有，早知道紧跟着刚才的人群了。一位热心的大妈过来帮忙，满口暴快的意大利语，我立马呆住。

Can you speak English?（您能说英语吗?）

没反应。

Français?（法语呢?）

还是没反应。

>>>
圣乔万尼教堂

没辙了，拿出地图，连比划带手势和肢体语言。几分钟后，她似乎明白了我的意思，带着我来到一个偏僻的折叠门前，指指下面。在一堆广告招贴画后面，我终于看到了淹没其中的那个鲜红的 M。回头不停地 grazie（谢谢）。第一次问路，算是作战成功。

罗马的地铁，似乎很多年没翻修过了。红色的油漆或斑驳或褪色，车厢布满涂鸦，看上去破旧不堪，充满历史感。去自动售票机花 4 欧买一张日票，下午的漫长路线就指望它了。跟随中午下班的汹涌人潮冲向站台，同时盯紧自己的背包。这里的“三只手”技术了得，名扬天下。费力挤进车门，看着上面的路线图。环视四周，大部分是跟我一样的背包客，还有集体出行的家庭，老公扶着老婆，老婆领着孩子，孩子抱着玩具熊，浩浩荡荡。意大利的交通体系通常没有报站名的传统，人们只好紧张兮兮地紧盯着屏幕，生怕坐过站。旁边两个高中生模样的女孩一路看着我，叽叽喳喳说说笑笑，就听懂一个词，Cina（中国）。

熙攘的中央火车站看上去像武汉的新民众乐园，三教九流皆汇聚于此。没工夫闲逛，赶到 24 号站台旁找游客中心

(Office de Tourisme)。谁料里面空无一人，上书暂停营业，下午 2 点半恢复……于是立刻改变计划，先去预订的酒店休整。回头再度钻进地铁，直奔 San Giovanni，下电梯的时候踩到一位女士的脚，学会了 non fa niente（没关系）。方向错乱时，问检票的大叔，知道了 uscita 原来就是出口。等好不容易出了地铁，又再度迷路。半个钟头的左转右拐，终于站在酒店大门前。

这是一家拥有老式升降梯的旅馆，三层楼。房间看上去很新，还有冰箱和咖啡机。我的房间，双人床，落地窗，大阳台，不过风景被高楼阻断。店主是个年轻帅哥，法语说得挺好，热情讲解周围的景点交通后，还送我一瓶可乐。躺在床上，开始犯懒。罗马并非一日建成，我一下午岂能阅尽？这个疑惑给我充足的时间考虑对策，最后决定丢硬币，于是掏出一欧元，扔向天空。

半个小时后，我走在通往圣乔万尼广场的路上。

拉特拉诺的圣乔万尼教堂（San Giovanni in Laterano）是离我住处最近的一座教堂，同时也是罗马四大圣堂之一。它的外表极为朴素，几乎就是白墙加大理石，但身在其中，却备感

>>>
圣乔万尼教堂

神圣与庄严。作为罗马教区主教（均由教皇兼任）的常驻教堂，这里是举行各种正式仪式的场所。始建于君士坦丁大帝，18 世纪由 Borromini 改建为今天的巴洛克式建筑。教堂内可观之物甚多，中央正门上方取自罗马旧墟元老院的铜雕、4 世纪兴建的浸礼堂（Bastistry）、16 世纪的天花板、Apostles 雕像、Alessandro Galilei 建造的 Corsini 礼拜堂、Vassalletto 设计的美丽回廊等。教堂外广场上的埃及方尖碑，据说是公元前 15 世纪的古物，找了半天居然没看到，难道躲起来不见我？

出了教堂，经过 Vittorio Emanuele，再度回到中央火车站。这恐怕是我见过的全欧洲最乱的地方了，门前的秦圭千托广场（Piazza dei Cinquecento）变成了名副其实的巴士集散地，高音喇叭和大声叫喊不绝于耳，满地都是矿泉水瓶和废报纸，四处遍布纠缠游客的吉卜赛女人，站在路边叼着烟的无业游民看上去个个都非善类……我快步走过狭长的街道，转弯来到附近的国立罗马博物馆（Museo Nazionale Romano），看到成群结队的小学生堵在门前，思量再三，还是决定放弃，取道对面的共和国广场（Piazza della Repubblica）。两座圆弧形的建筑围绕着一座大型喷泉舒展开来，共和国广场有种梦幻般的感觉。之后，顺便参观了安吉利的圣母教堂（Santa Maria degli Angeli）。

<<<
安吉利的圣母教堂

穿过几个街区，来到圣母玛利亚大教堂（Basilica di Santa Maria Maggiore）。它同样是罗马四大圣堂之一，始建于公元5世纪，历经无数次改建而融合了各个时期不同的建筑风格。大殿中央并排的36根石柱深受古罗马神殿的影响，中央祭坛后屋顶上金色的马赛克画《戴冠圣母》为13世纪作品，右侧的西斯托五世礼拜堂（Capella di Sisto Ⅴ）为文艺复兴风格，左侧的保林纳礼拜堂（Cappella di Paolina）则是17世纪初期的巴洛克式。门前，总算是看到了埃及方尖碑。

安静地坐在圣母像下的感觉很好，似乎第一次，她离我这么近，好像在倾听心声。我默默念叨着某些消逝的往事，某些熟悉的名字，以及某些美好的期盼，希望在虔诚的瞬间，远离痛苦与悲哀，得到灵魂的释放。此刻，愿主与我同在。

之后那条悠长的大街，怎么也看不到尽头。两边店铺林立，相当繁华。我总有种走过的错觉，忍不住低头猛看地图。原来那座著名的建筑，就隐藏在路边布满爬墙虎的台阶上。穿过黑色的通道，罗马四大圣堂中最小的圣彼得镣铐教堂（Santa Pietro in Vincoli）展现眼前。这座外表过于普通的建筑，珍藏着当年圣彼得受难时所戴的镣铐，并且拥有米开朗琪

<<<

圣母玛利亚大教堂

<<<
圣彼得镣铐教堂中的死神雕像

罗的名作《摩西》。一旁手持镰刀的死神像，配合幽暗的灯光，着实令人惊艳。

跟着前面的游客，经由开满咖啡馆的小巷，来到帕拉提诺山坡（Palatino），这里是俯瞰罗马城全景最精华的地方。脚下一片光秃秃的残垣立柱，成为古罗马帝国辉煌前世的最好证明。眼前的罗马旧墟（Foro Romano）是完整呈现古罗马人公共生活区域的遗址，Foro 意即“公共广场”，内部有各种市民生活必需的地点，坐落在此处的重要建筑众多而复杂，包括了公元 367 年所建的 Di Consentes 柱廊、公元 1 世纪末所建的 Vespasian 神殿、相传监禁过圣彼得和圣保罗的 Mamertine 地牢、建于 17 世纪的 San Luca e San Martina 教堂、贯穿旧墟最主要的 Via Sacra 圣道、戴克里先皇帝建于 3 世纪的元老院 Curia、建于公元 203 年的 Saturno 神殿、公元 608 年用于宣扬拜占庭皇帝的 Phocas 纪念柱、始建于西泽大帝完成于奥古斯都大帝的 Giulia 神殿、仅余 3 根美丽石柱的 Castore e Polluce 神殿、公元前 6 世纪所建用于奉祀火之女神的 Vesta 神殿和 Vestali 之家、纪念颇得名望的罗马皇帝和皇后的 Antoninus e Faustina 神殿、由君士坦丁大帝所完成的 Massenzio 神殿以及罗马现存最古老的凯旋门Arco di Tiot。要想完全体会这片乱石冈的伟大，除了需要一份附有详细说明的文字资料之外，可能还得有最为重要的一样东西——想象力。

一番乱转之后，终于发现当年恺撒遇刺的地方，一小块平地，被石柱围起来，毫不起眼。这方改变欧洲历史进程的事件的纪念地，换作是中国，肯定会撒上大片红色颜料以求逼真，隆重地竖立起中英文的纪念碑，大肆渲染。

在对面的皇家废墟（Foro Imperiali）里，安静地躺着图雷真废墟（Foro Trajano）、奥古斯都废墟（Foro di Augusto）和恺撒废墟（Foro di Cesare）。我发现自己已经开始对诸如此类的种种遗迹审美疲劳了，除了孑然孤立凭吊古人外，实在挖掘不出什么石破天惊的价值来，竟然有些后怕，遂决定立刻杀向那座举世闻名的巨型蛋糕——圆形斗兽场（Colosseo）。

其实它就矗立在离我视线不远的地方，只是我刻意不去看，生怕玷污宝贵的第一印象。事实证明这是正确的。

沿着Fori Imperiali大道，还没走到尽头，就觉得一股气势扑面而来。这座公认的罗马市标，给我的视觉冲击，不仅仅是震撼。古谚有云：竞技场存在，罗马就繁荣；竞技场荒芜，

<<<

古罗马历史废墟群

<<<

古罗马历史废墟群

<<<

古罗马斗兽场

罗马必灭亡。此语道尽这座始建于公元80年的“大型游乐场”与古罗马人日常生活的息息相关。这座可容纳50000多人的四层椭圆形建筑，无疑是罗马帝国璀璨巅峰的最好证据，它的存在，代表着无数的阴谋与背叛，兴盛与衰亡。

甚至没考虑过要进去参观，远远地驻足观看，就已经很满足了。我可以凭空放映那些熟悉的画面，《宾虚》、《角斗士》、《暴君尼禄》、《斯巴达克斯》，甚至《罗马帝国艳情史》。市民的欢呼、战车的奔鸣、斗士的嘶喊、野兽的咆哮、刀剑的铿锵，还有皇帝起身用手指决定生死去留时那一刻的窒息。脑海里拉塞尔·克劳的雄雄英姿历历在目，这个连皇帝都不放过的将军，只是为了在杀戮的尽头，能够魂归故里。如果周围种有电影里那片可以手抚的麦穗，就完美了。

斗兽场的旁边紧挨着著名的君士坦丁凯旋门（Arco di Costantino)，这是为公元315年君士坦丁大帝击败Massenzio而修建的纪念碑，高21米，宽25米，有3个拱门，是少数保存较为完整的古罗马伟大文物，虽然下方的石块有很多被取去盖其他的建筑，如同斗兽场一般逃不脱被部分肢解的命运。跟巴黎凯旋门相比，它确实算不上雄伟。恐怕只有穿越巨石铺筑的路面，站在拱门下抬头仰望时，才能体会冥冥间远古英雄们的召唤。

坐在一旁休息片刻，帝国斜阳缓缓垂落，留下孤单伫立的剪影。一座城市就是一段传说，只等待时间的验证。

漫步到伊玛纽尔二世纪念馆（Monumento Vittorio Emanuele Ⅱ），停下来观望。这座被戏称为“白色婚礼蛋糕”的意大利统一纪念建筑，早已成为罗马市区的显贵，其前方的威尼斯广场（Palazzo Venezia），更是市区巴士交通的最大枢纽。在巨大的白色大理石建筑下方，有无名英雄墓，内部有警察局、统一博物馆（Museo Centrale del Risorgimento）和提供馆前喷泉的大蓄水池。建筑顶端两边的驾车女神，我很是喜欢，真想占为己有。纪念馆前方左右两侧各有一小型广场，位于广场西面的圣马克教堂（San Marco）和威尼斯宫（Palazzo Venezia）也是颇引人注目之处，后者更是因为被墨索里尼用作办公室而广为人知。

冰淇淋的发源地就隐藏在附近的小路 V. P. Eugenio 里，一家名叫 Blide 的小甜品店，外观极其考究，里面异常开阔，花色品种超级多，于是点了三个球，出来坐在威尼斯广场前慢慢品尝，没想到会与大群的游行队伍不期而遇。我看不懂他们的意大利标语，好奇地问旁边的路人，才知道原来是大罢工。不一会工夫，广场周围便出现大批全副武装的防暴警察，后面跟着警车，警车后面跟着消防车，消防车后面跟着救护车，救护车后面跟着清洁车，这一条直线堵在水泄不通的巴士中间，蔚为壮观。本想拿出相机拍张现场，谁知被宪兵模样的人走过来阻止。遂决定以身试法，前去一探究竟。

钻进人群里跟着前进，过了片刻，浩浩荡荡的队伍终于停下来，有个带头模样的人开始在广场的最高处激动地发表演说，下面的听众也跟着开始喊口号。我把刚才买的冰淇淋吃完，擦了擦嘴，问旁边站着的几个年轻人什么状况，他们面面相觑，终于有位高个子出来用蹩脚的英语开始解释。他说这很平常，他们几个是开救护车的，一年要工作两百多天，很久也没涨薪水，大家都深感不公平之类云云……这群意大利佬比法国人还懒，有那么多假休还总爱抱怨，真是不识好歹，知不知道社会主义国家的劳动人民是怎么默默耕耘敢怒不敢言的，拜托有点职业道德好不好！我接着问，那么如果现在有人出了车祸要赶去急救，你们也继续罢工吗？小伙子犹豫了一下，然后说，我们要为自己的权利争取到底！

>>>
耶稣教堂

托罢工的福，沿途鲜见车辆，我顺利快步走过一堆不知名的建筑，绕过路边三两成群的小摊，在那之后，看到了传说中的耶稣教堂（Gesu）。

这座建于1568年的耶稣教堂，内部以金箔和大理石铺陈出豪华异常的气氛，恐怕只有圣彼得大教堂能与之争锋。而最令人注目的当数屋顶壁画和拥有号称全罗马最繁复之巴洛克式祭坛的San Ignatius礼拜堂，备受世人推崇。从这座罗马圆顶教堂鼻祖的华贵装饰里，能发现天主教和基督教的些许差异，前者雍容华贵，后者一贫如洗。

漫步到台伯河旁，东岸一片以长椭圆形的那佛纳广场（Piazza Navona）为中心的区域，由于河道在此转向形成曲流，而使得它犹如若一座微微突出的半岛。人们通称此地区为古罗马（Vecchia Roma），万神殿（Pantheon）便藏身其中。这座米开朗琪罗初见时曾惊叹的神奇建筑，除了又大又高，看上去粗壮结实之外，并没有给我太多的惊喜。

看看手边的介绍文字：万神殿建于公元前27年，是祭奉奥林匹亚山上诸神的宫殿，入口门廊的16根石柱全由单一岩块凿成，内部则为一直径和高度均为34米的圆筒形建筑。

<<<

万神殿的光束

拱形屋顶中央留下一个直径 9 米的天窗，阳光由此洒入室内，圆形的光束在地上照出一个随太阳移动而移动的光点。站在阴暗的墙边，静静看着耀眼的光束，一股神秘而庄严的感觉油然而生。细细观察，它的确有点鬼斧神工的味道。站在最中央抬头看着偌大的天窗，如果此时有光投下，灵魂一定就会嗖地飞出去。文艺复兴大师拉斐尔埋身于此，他的石棺上刻着一行字：Here lies Raffaello who，when alive，nature was afraid to be won by him，when he died，she wanted to die herself.（他活着的时候，万物之母怕他赛过她的作品；他死了，她怕自己也要死去。）

下意识地看表，已经四点半了，赶紧乘地铁 B 线奔去罗马四大圣堂的最后一座——城墙外圣保罗教堂（San Paolo fuori le Mura）。

教堂地处昔日罗马城之外，距离市区遥远，因此得名。它是公元 4 世纪君士坦丁大帝下令在圣保罗墓上建造而成的，评价甚高的有 11 世纪铸于拜占庭的铜门、1285 年由 Aronolfo di Cambio 所作的歌德式祭坛天盖 Ciborium、由 Pietro Cavallini 雕刻的一座 14 世纪木刻基督像和“罗马最美丽的回廊”。

<<<

著名的“真实之口”

<<<

著名“真实之口”

到目前为止，我对千篇一律的教堂、墓地基本丧失兴趣，再多看几座，恐怕都会恶心，还是把终结留给明天的圣彼得吧，今天教堂游就此作罢。

心里嘀咕着，换乘地铁来到真实之口广场（Piazza del Bocca della Verita）。除了几根大立柱和无处不在的商贩之外，这里压根没有什么浪漫情调。那个把《罗马假日》里奥黛莉·赫本吓得花容失色的圆形大理石“真实之口”（The Mouth of Truth），充其量只是古时候的一个出水孔而已，何况看上去还很畸形！大家都来跟风学格利高里·派克把手插进去大呼小叫，然后狂摁快门留住瞬间，就算那是真实的谎言。

逛着沿途的店铺，还是小橱窗里的物品更具吸引力。天色渐渐黑起来，昏暗的灯光下，罗马又是另外一个世界。走着走着，不觉就来到西班牙广场（Piazza di Spagna），赫本曾经在此买花，吃冰淇淋，看着人群，满脸微笑。那些画面，造就了如今人气最高的神话。这座以双臂环抱式阶梯而闻名的广场，中央是由Bernini父亲建造的巴洛克式巴卡奇亚喷泉（Fontana della Barcacci）、拥有两座钟塔高高俯视的圣三位一体教堂

>>>
特莱维许愿池

（Trinita dei Monti）和周围美丽的庭园住宅，连同 137 级宽广优雅的阶梯，共同构成一幅气氛迷人的画面。

广场斜对面是一条老街，有家百年咖啡馆 Caffe Greco，于是索性前往要了杯 Cappuccino 坐下来，悠闲地看着窗外的夜景，突然一醒，忘了去许愿池（Fontana di Trevi）。

跟随人潮，不用辨别方向，就神游到那里。今夜的特莱维许愿池，人山人海，恐怕是全罗马人口密度最高的地区之一。第一枚硬币重回罗马，第二枚硬币与爱人天长地久，第三枚硬币顺利离婚——这是意大利人口口相传的三个愿望。于是掏出一欧元，隔着很远丢进去，也许某年某月某日，我还会再来这里，把那枚钱币拿走。

衣冠楚楚的绅士淑女们在这里散步幽会，顽皮的小孩子则骑着脚踏车穿行其间，有好事者脱光衣服叫嚣着跳进去，激起浪花朵朵，不久便被警察带走。我坐在熙攘的人堆里，只顾着发呆，却顾不上筋疲力尽。

罗马之所以成为罗马，众人心中的不朽之城，何尝又仅仅在于这些建筑和废墟。就算城市再脏乱差，它依旧是一座庞大的露天博物馆，取之不竭。随手触摸的石块，都可能是件古物。那些巨大的雕像，总是注视着远方默默无语。居住在这里的人应该知足常乐，他们活在漫长的记忆中，活在厚重的历史里，活在无尽的荣耀间，活在众神的注视下，永远都不会消亡，也不必担心会被遗忘。

如果把 Roma 的字母倒过来写，便成为 amor，拉丁语中的“爱”。其间的浪漫与传奇，配合着人们的遐想，全留在时间的灰烬里，等着你发现。

<<<

罗马印象

比萨，倾斜的奇迹

Pisa, the tilted miracle

借着那瓶不知什么味道的意大利啤酒，昨晚沉沉入梦。早上七点准时被闹钟吵醒，匆匆喝牛奶烤面包煮咖啡夹火腿，塞满肚子之后，继续出发。沿途根本无暇顾及罗马早晨的微寒，钻进地铁直奔 A 线 Lepanto 站，一看表才 7 点半。旅行需要的，往往就是一个快。

半个钟头之后，我站在台伯河对岸，看着晨曦中的圣天使桥（Ponte Santa Angelo）。这座由 Bernini 设计的造型独特的石桥，拥有各式各样雕刻精美的塑像，不愧是巴洛克式装饰艺术的杰作。据说桥上诸天使像中只有两座是由 Bernini 本人亲手完工的，如今已被移至 Santa Adrea delle Fratte 教堂内妥为保存，改置两座复制品于桥上。虽然如此，还是觉得实在真假难辨。到了罗马，也就自然认识了 Bernini 这位建筑天才。他几乎耗尽毕生精力，把伟大的设计、风格和作品留给罗马，到处树立起个人鲜明的旗帜。与教皇相比，他同样是位极富传奇色彩的人物，至少在艺术领域。

过了桥，眼前就是大名鼎鼎的圣天使堡（Castle Santa Angelo）。这座外观看上去圆头圆脑、周围护墙角落筑有多边棱形的城堡，其坚固壮大的模样，看来的确是以防御为目的。它本是公元 139 年罗马皇帝哈德良为自己和后代子孙所兴建的陵墓，6 世纪时，教皇 Gregory 一世在顶端竖立起持剑的大天使雕像，想以此“对抗”当时席卷欧洲的恐怖黑死病，遂有圣天使之名。目前，内部设有专门收藏从罗马到当今的兵器的博物馆，据说堡顶也同样是眺望罗马市区的绝佳地点。可惜又看到收费的招牌，不觉扫兴。意大利人个个都是借鸡生蛋的熟手，凡是有点名声的地方皆明目张胆地伸手要钱，一幅大言不惭、理所应当的模样，这点跟中国简直如出一辙。

离开圣天使堡右转，沿着 Concilizione 大道前进，尽头就是两国交界处的 Pio Ⅻ广场，穿过此广场，就算正式踏进那片世界上最小的国家的土地了。

长筒靴状绵延的意大利，境内有两个国中国。一个是靠近亚德里亚海岸山区中的邮票王国圣马力诺，而另一个位于台伯河西岸、马里奥山与加尼科洛山中间的丘陵上，就是今天的重头戏——教皇之国梵蒂冈。在其 0.44 平方公里的国土上，有一座呈长方形的超级建筑，它占了几乎 1/8 的国土面积，每年给自己放假 66 天，更敢随意将在欧洲诸多著名博物馆中被供奉在高堂里的埃及石像，顺手扔在露天庭院。没错，它就是梵蒂冈博物馆（Musei e Gallerie del Vaticano），一个不去绝对会

<<<

圣天使堡与大天使米迦勒雕像

<<<
梵蒂冈博物馆的外墙

遗憾，去了会相对遗憾的世界。

我提前一个小时屁颠屁颠地奔来站于此地时，就意识到自己还是来晚了。前面的队伍已经浩浩荡荡地延伸到意大利境内的复兴运动广场（Piazza del Risorgimento），连博物馆的大门都望不到。只好眼巴巴地待在原地，跟着人群做挪步状。果然是百分百游客扎堆的景点，加上秋高气爽，想不排队都难！

等啊等，前面的德国大叔不停地向老婆抱怨着，后面的一双美国小屁孩吵起架来，对面赶路的行人边看热闹边自顾偷笑。是啊，一大帮人一大早就挤在这里百无聊赖傻傻等待排队进场，自然会神情各异，洋相百出。也不知过了多久，前面的人龙终于开始移动了……

10 点一刻，我终于踏进这家如金库般守护森严的博物馆。到处是摄像头和监视器，过两道安检，连皮带都脱了，可还是警报连连，我找了半天，原来是手上的戒指。向警卫耸耸肩，他大手一挥，放我入内。

沿着楼梯前行，售票厅好似海关窗口。左边挤满了等待放行的成批旅行团，右边是寥落的散客区。最外面一个通道标着大大的 Student（学生窗口）字样，我两眼放光，奔了过去，递上学生证，8欧的门票还是物有所值的。据说教皇格列高十四世曾对在罗马滞留不满一周的游客说“祝你一路平安”，而对驻足几个月的旅者说“愿我们于罗马再会”。毕竟论艺术价值和文化意义，这里才是全梵蒂冈，甚至整个罗马最重要的地方，虽然门票贵过卢浮宫！

过了狭长的通道，立刻豁然开朗，眼前乳白色的螺旋状楼梯，像是通往天国的大道。进了主厅，穿插在深邃的回廊里，注视着欢迎的雕像，享受阳光穿透的质感。租了一个语音解说器，本以为要在英语或法语中备受煎熬，没想到居然发现有中文的语音介绍，出乎意料地清晰，相当人性化的服务，果然有大馆风范。

沿着导游路线图，首先来到埃及馆。这里自然而然是人们深感兴趣的地方，大量陈列的文物中不乏分量十足的木乃伊和干尸，不时引来惊叫连连和闪光灯一片。漫步其间，各种历史教科书上著名的石碑、法老像和神灵的雕塑，一时间扑向我的视线……

<<<

埃及馆的陈列品

<<<

雕刻美术馆的陈列品

<<<

雕刻美术馆的陈列品

<<<

雕刻美术馆的陈列品

出了埃及馆，走马观花地经过 Cortile della Pigna、Galleria Chiaramonti 和 Braccio Nuovo 三个陈列希腊雕刻、绘画及罗马时代美术品的展馆，规模庞大的藏品浏览之后，我不得不靠着窗户休息片刻。抬头，不远处就是圣彼得教堂的大圆顶，想到今天就要登上去，突然开始眩晕起来。

下了楼梯，通往历任教皇亲自参与收藏的雕刻美术馆（Museo Pio Clementino）的走廊里挤满了人，这个遍布塑像的过道，成了暂时歇脚的理想之地。走进呈环状的喷泉庭院里，各种各样著名或别致的雕刻作品应接不暇，冲击着感官。很多似曾相识，其他则充满惊喜。之后进入以收藏罗马之前的古伊特拉斯坎文化藏品为主的 Gregoriano Etruscos 陈列馆里，玻璃窗里的小玩意颇具玩味。

在专门展出各种古地图的 Galleria delle Carte Geografiche 厅，我无暇顾及那些挂在墙上的古代意大利半岛，而是感叹头顶金碧辉煌的天花板彩绘，这种大范围地铺陈展示，实在是富有而奢侈的极端表现。经过展出各年代宗教画的 Pinacoteca 陈列室，举目皆是以各种方式救世的基督耶稣。坐下来静静地瞻仰，会被深深地触动。宗教的力量，不仅仅在于宣扬。相信，便得救。

>>>
拉斐尔作品《倒塌的神像》

在连续四间绘满壁画的拉斐尔室（Stanze di Raffaello）停留片刻，跟天才打了个招呼之后，我终于不辞万里、过关斩将地踏上了前面的台阶，传说中的那间屋子，已经离我近在咫尺了。

自 1377 年法国的阿维尼翁归还教皇厅之后，梵蒂冈宫便成了教皇固定的居所。这座拥有一千四百多间房间和礼拜室的巨大宫殿里，除了教皇厅和教皇卧室，其他二十多个房间包括博物馆、美术馆、雕塑馆、图书馆等，陈列欧洲最为重要的文化与艺术遗产。其中最受世人关注的，非西斯庭礼拜堂 Cappella Sistina 莫属。它是 1473 年由教皇西克斯图斯四世作为教皇圣庙修建的，陈列有米开朗琪罗所作、被称为“绘画史上神曲”的《最后的审判》，以圣经《旧约》为题材的《亚当诞生》、《原罪与失乐园》和《诺亚方舟》。

来到这座被挤得水泄不通的大厅，不能摄像，不能拍照，不能席地而坐，不能大声喧哗，不能随手触摸，也不能聚众讨论。总之，四面八方来回巡视的警卫们，无非做两件事情，盯着你老老实实地驻足观看，或者劝说你马上离开。

我找到最中央的位子，在周围人的掩护下，抓个空隙，鬼

<<<
西斯庭礼拜堂的巨幅壁画出自米开朗琪罗之手

\>>>

博物馆出口处的旋转铜廊

鬼祟祟、小心翼翼地偷拍起来。持相机的手，在墙上诸多神灵的注视下，开始有节奏地颤颤巍巍。

站在梵蒂冈城的“原点”上，认真听着耳机里的讲解，从完成这些杰作的奇闻轶事到甄选新任教皇的流程，瞻仰着大师们千变万化的表现技法。宗教对整个欧洲的影响已经渗入每个生活的细节，而艺术则为它装点着光鲜亮丽的外衣，成就天人合一的气势与威严。这些从屋顶到墙上的故事画面中，最吸引人的无疑是米开朗琪罗耗费四年时间绘成的天顶壁画，色彩、构图和细微之处无不展露大师风范。据说他一直躺着完成壁画，以至于连看信的时候都必须举过头顶，仰着头才能阅读。看来世界上没有勤奋的天才，只有天才。

慢慢步出拥挤的大厅，脑子里的东西开始膨胀，有点混乱。走到拐角的尽头，终于来到梵蒂冈的邮局，两个窗口，一个邮筒，简单而对称。于是如释重负地买了若干邮票和明信片，找个位子坐下来书写。在神的地盘上涂字，一笔一画不敢怠慢。最后跟周围人一样，兴奋地从那座著名的旋转铜廊呼啸着冲下。某一刹那，有种回到过去的错觉。时光，在这里，开始倒流。

抬头仰望天窗，整个世界似乎就微缩在眼前。透过蓝色的玻璃，能隐约看到飞过的天使，这里真是个做梦的好地方！整整六个小时，我绕这座宝库一周，除了疲惫、满足、深刻的记忆，其他都是一知半解的疑惑。遗憾是再度返回的最好理由，如果还有下次，我会放弃那些著名的壁画装饰，去仔细搜寻蜡烛台或者挂毯，估计会有意想不到的发现。

博物馆外，笔直的城墙通向远方，路边站满出售纪念品的小贩，间或街头卖艺的老人和孩子。阳光愈发刺眼，开始恍惚起来，以至于我走到一大片圆柱底下，居然也没认出眼前的景物。

转过身，正对着圣彼得广场（Piazza San Pietro）——这座位于圣彼得大教堂正面、由两座巨大柱廊环抱而成的椭圆形广场是巴洛克巨匠 Bernini 的杰作，可同时容纳 40 万人，其中央是重达 350 吨的巨大埃及方尖碑，两侧各有一座喷泉，川流不息。几乎在公元 1 世纪此碑运至罗马的同时，耶稣首位门徒彼得被罗马暴君尼禄杀害。之后，彼得的友人将其葬于台伯河西岸，也就是今天世界规模最大的圣彼得大教堂所在地。广场两侧有由 142 根石柱（4 根 1 排）构成的弧形柱廊，每根石柱均

>>>
圣彼得广场

可 3 人环抱，顶端筑有 140 座的圣人雕像，远远观看，犹如神迹。

每个周日正午，现任教皇都会准时出现在梵蒂冈博物馆三楼的寝宫窗口，向广场上的人群致意，发表演说。这是近距离窥视偶像的最好机会。我并非宗教狂热分子，也全然等不到那天，只好随便看看满大街报纸、海报和明信片里那个面带微笑亲切慈祥的老人，向他的画像隔空问候。

于大理石柱间穿行，在广场上随意漫步，很能找到身居世界中心的奇妙感。广场上摆满了座椅，似乎刚结束一场盛大的弥撒。奇怪的是，如此庞大的广场，居然看不到几只鸽子，难道它们也飞进教堂里祈祷去了？

带着疑惑，径直插入旁边的队伍，一步一挪地向圣彼得大教堂（Basilica di San Pietro）靠近。我只能说靠近，因为排队的人群更胜博物馆。过了安检门，走上西端的台阶，“陈列”在圣彼得和圣保罗巨型雕像后的就是传说中的瑞士雇佣兵——

<<<

教皇卫队

如今的教皇卫队。他们身着据说是米开朗琪罗设计的传统服饰，500年都未曾更换。忠诚如同颜色，表里如一，没有丝毫褪却。

作为世界天主教徒精神上的首都，圣彼得大教堂这座崇高神圣的殿堂至今还是罗马旧城内最高的建筑，以随时随地、不经意间就闯入并征服人们的视线。这座彼得遗骨所在地上的教堂，始建于4世纪的君士坦丁大帝，帝国灭亡后逐渐荒废，直到16世纪才在教皇Giulia二世的示意下开始全面复兴，建筑家Bramante、拉斐尔、米开朗琪罗、Maderno和Bernini等人相继投入此空前绝后的浩大工程中。经过120年的不间断修建，终于在1626年正式完成。它不仅是崇高的宗教圣地，更是意大利艺术最伟大的结晶。教堂主体部分饰满繁复的雕刻、绘画，建筑本身则呈优雅的古十字架构图，每一细节均值得欣赏再三。我突然想起了费里尼的《甜蜜生活》，电影镜头里的圣彼得教堂和广场，蕴藏着惊人的气势，加上圣人雕像群的压阵，随意截取几分钟凌厉的黑白画面，恐怕都可以作为罗马和梵蒂冈的绝佳旅游宣传片。

<<<

圣彼得大教堂

没有跟随人潮涌进教堂，我取道侧面的小路来到教堂背面，准备登顶。电梯8欧，步行4欧，我选择了后者。记得在通往拉萨的公路边，曾经看到过面朝布达拉宫三步一叩的老妇，既然是怀着朝拜的心，就应该虔诚地走到底。两个美国大妞在前面带路，我和一对夫妇跟在后面，就此开始漫漫征途。盘旋而上，大概一刻钟过后，看到前方电梯口涌出的人潮，心里不禁诧异，这就到了？原来升降机也只是上到一半。想想也是，米开朗琪罗好不容易弄出来的高大穹顶，总不能这么容易就上去了吧。

站在通往顶端537级台阶的入口处，远远看到梵蒂冈宫顶那个著名的烟囱。只要那里冒出白色的烟雾，新教皇便宣告诞生。走进环形通道，隔着铁丝网，能清楚地看到下面的大殿，一群红衣主教们在忙碌地准备着，似乎将会有大动作。椭圆形的穹顶，透出奇异的光。

沿着楼梯旋转而上，幽深狭窄陡峭，看不到尽头。一个多小时的艰苦攀登是值得的，每一次迈步，每一次爬升，都会有新的发现。窗外的色彩，也开始变得层次分明，大教堂的圆顶，慢慢近在咫尺。沿途尽是靠着墙休息的游人，汗流浃背，大口呼气。我一咬牙，闭上眼睛，冲上巅峰：夕阳下的天空，

<<<

圣彼得广场

在城市上空流舞。台伯河把陆地一分为二，这便是所有人的罗马。站在这里，哪怕一生只有一次，也是刻骨铭心的回忆。就连之后的下教堂，也同样是一件痛并快乐的事，连蹦带跳，腿脚抽筋。

暮色中的圣彼得大圆顶格外漂亮，透着神话的色彩。13座圣人像轩昂地矗立在远方，守护着整座城市。

缓缓步入中央的菲拉莱特大门，圣彼得教堂的内里和外表一样华丽无双。据说每25年的圣诞前夜，最右边常年紧锁的圣门就会自动打开，由教皇带领步入教堂，意味着升天。走走停停，发现3件镇堂之宝：米开朗琪罗24岁时鬼斧神工的成名作《圣母哀子》、Bernini雕制的足有一层楼高的青铜华盖、由Bernini本人设计的镀金圣彼得宝座（Cattedra di San Pietro）。赞叹之余，钦佩之意油然而生。

找个位子坐下来，默默地注视着周围的诸神和天使，那种感觉，应该是幸福的。天顶的光展现荣耀和威严，一切都变得肃穆起来。世界上最小的国家却坐拥世界上最大的教堂，这本身就是一种奇迹。而它融合沉淀的，是自文艺复兴到巴洛克时

<<<

《圣母哀子》

期意大利最杰出的天才们的心力。所以在接下来的几百年间里，震撼，对于每一个前来瞻仰它的人而言，都变成了愉悦的享受。

站在广场中央的埃及方尖碑前，再度回望圣彼得大教堂，光芒开始归于平寂，画面慢慢定格，我的罗马之行也即将结束。

记得《旧约》中，至高的主宰耶和华说过：我创造新天新地，从前的事不再有人回想，也不再涌上心头。

但愿那些都是真的！

比萨，倾斜的奇迹

Pisa, the tilted miracle

早上10点，安坐在开往比萨中央火车站的城际火车里。车厢里空空荡荡，人们似乎都把心留在了罗马。列车正沿着第勒尼安海蜿蜒前行，沿途的风景在波浪拍打的映衬下，轮廓开始变得疏朗而生动。成片的云堆积在遥远的地平线上，一路随行。从拉齐奥悄无声息地驶进托斯卡纳这个意大利最美丽也最富传奇色彩的地方，一切都变得新鲜而好奇起来。今天有个不可能完成的任务，就是去推倒比萨斜塔，然后逃之夭夭……

几乎是在不经意间，火车就停在了比萨的站台上，这座城市如同它的火车站一样小巧可爱。从地图上看，只要穿过阿诺河（Arno）一路向北，就可以望到那白色的塔尖了。

穿过正在施工中的维托里奥二世广场（Piazza Vittorio Emanuele Ⅱ），左转进入当地著名的步行街Corso Italia。狭长的商业大道上琳琅满目的橱窗很是吸引脚步，跟武汉的江汉路一样，随便拐进分叉的小巷，就能闯入寻常百姓家。到处停满的摩托车跟罗马神似，在我眼里，意大利就是专属于摩托车的王国。

径直走到阿诺河畔，来到弯曲的梅泽桥（Ponte di Mezzo）

<<<
比萨小城的火车站台

前。市政厅高高地挺立，平静的水缓缓流向远方的佛罗伦萨。但它暴涨的时候，一定面目狰狞！桥的对面是圣米凯雷波尔哥教堂（St Michele in Borgo），环顾一周，很小。沿教堂前的Borgo大街继续前行，在第二个岔路口左转到Dini街，尽头是空旷的卡巴利埃利广场（Piazza dei Cavalieri），这里有圣斯特法诺骑士教堂（St Stefano dei Cavalieri）和卡巴利埃里宫(Polazzo dei Cavalier)，几栋别致的建筑齐集一堂，让这座安静的小城突然间有种莫名的威严。

左顾右盼着路边的小店铺，猛一抬头，比萨斜塔那乳白色的塔顶便闯入视线。道路的尽头，赫然矗立着由白色大理石筑成的美丽大教堂。三脚并作两步，奔到大教堂广场（Piazza del Duomo）上，眼前的画面有些出乎意料：在墨绿色的草地上，三座造型各异的白色建筑一字排开，开阔壮丽的景致实在令人心生喜悦。这座传奇的小城，有种让人一见倾情的魔力。

比萨斜塔（Torre Pendente）是意大利优秀的古代文化遗产，被誉为“中世纪七大建筑奇迹之一”。它于1350年完工，原本只是大教堂Duomo附属的钟楼，由于地质原因而不断倾斜，却也因此缺陷而扬名天下。斜塔为八层圆柱形，古拙而又

>>>
卡巴利埃利广场上的民宅

秀巧，是罗马式建筑的经典范本。塔高 54.5 米，平面圆形的直径为 16 米，从下至上，共有 213 个由圆柱构成的拱形卷门，皆为大理石用料，重达 1.42 万吨。塔内有螺旋状楼梯 294 级，沿梯而上至塔顶，人们可以从中央的楼梯走到任何一层的围廊上向外眺望，比萨城秀丽的风光便可尽收眼底。1590 年，年轻的物理学家伽利略站在这里，做了那个著名的自由落体实验。这个实验的结果，既成全了他自己，又成全了斜塔，可谓一举两得。

恐怕人们惊叹诧异的还远不止这些。每年近百万的游客慕名而来，在目睹其“斜而不倾”的神奇的同时，应该更关心意大利人苦心经营的斜塔，究竟会在哪天突然气数用尽、轰然倒地吧！据说如无意外，它还可以再撑 250 年之久，只要登顶的游客们别太过兴奋。

所以，我离它远远的，找个安静的地方，开始按动快门。试着从不同角度拍斜塔，果然很有意思。其实乳白色的 Duomo 大教堂，也是风华绝代的佳人，即便与圣彼得相比也自有一番魅力，只是前面那个鸟笼状的洗礼堂 Battistero 有点煞风景。不过跟它们相比，旁边的纪念品一条街犹如另外一个世界，暴露着世俗的喧嚣。

<<<

大教堂广场全景

>>>
比萨斜塔

不远处的城墙边是教堂博物馆（Museo dell Opera dei Duomo）。有些奇特的设计，很后现代的样子。绕着城墙漫步，草地上亲热的情侣随处可见，在石狮的侧目下，那是另一道风景。

要了一份刚出炉的 pizza，点了双球冰淇淋，味道出奇的好。在斜塔后面的台阶上找个安静的地方，开始狼吞虎咽。

不远处，一个女孩子边写信边抽泣，长发在风中飘舞。是实现愿望喜极而泣，还是与人相约悲从中来，这些或许都有可能，每个景点都有它不为人知的故事。在游客们纷纷作扶塔状拍照留念的时候，谁会在意还有人在黯然神伤。过了若干年后，那也许会成为另一个传说：去安慰坐在比萨斜塔下哭泣的女孩，她就会嫁给你，永远过上幸福的生活。

天色日渐昏暗，夜色中的广场、草地、教堂和斜塔，好像涂上了童话的色彩，迷离朦胧，远离现实。喜欢自娱自乐的意大利人在草坪上搭起了一座座“小比萨斜塔”的模型，配上一闪一闪的灯泡，好像圣诞节提前来临。餐厅里的小乐队也鱼贯而出，在街头吹奏着不知名的乐章。回行的路上，到处都是灯火辉煌、歌舞升平的画面，路人脸上挂着微笑，洋溢着简单

<<<

比萨斜塔

自足的幸福，上演着稀松平常一天里最后的高潮。

赶到站台，眼见一大群人不耐烦地等在那里，就知道按照意大利人的习惯，火车肯定又晚点。我只好傻傻地站在夜晚的嗖嗖小风中，舔着还来不及融化的冰淇淋，幻想着一个钟头之后，那个预言中的彼端。

<<<

比萨夜景

佛罗伦萨，冷静与热情之间

Florence, in the mood for love

人的一生，总有很多憧憬。

幻想着到迪士尼和米奇合影，踏上戛纳电影宫的红地毯，在爱琴海白色的教堂里祷告，去某片陌生的陆地某座遥远的城市，目睹旅行画册中的色彩和身影，仰望固定面容的湛蓝天空，接着计划下一个目的地，然后离去。我们被各种各样的情绪左右着，沉醉其间。恐怕直到死去的那天，我们才会真正明白，哪里是自己最想要停留的地方，哪些是自己最值得拥有的东西，哪个人才是自己最应该珍惜的挚爱。其实答案就在起点原封不动，只是很难发现。那些被渲染夸大的梦想与期待，正是从不经意的一刻起，开始逐渐蔓延，实现，然后破碎，构成一种交替。

之所以对佛罗伦萨有这样一种憧憬，全因一本名为《冷静与热情之间》的日本小说：阿蓝和顺正是大学时代的恋人，因误会而分手后，她回到米兰，认识了温柔体贴、英俊多金的新男友，过着平静的生活；他则进入佛罗伦萨的画坊求学，也有了一个活泼可爱的新女友陪伴左右。但两人心中，并没有忘记对方。10 年后，在她生日那天，他毅然与恋人分手，循着10 年前一个模糊的约定爬上了佛罗伦萨大教堂的屋顶，两人最终奇迹般地在夕阳中重逢。相聚匆匆，她选择离开，他惊觉有异，立刻买了车票追去米兰——他不要重复过去的孤独与思念，他要寻找丢失的真爱……

佛罗伦萨，就是这样一座关于爱与被爱的城市。

坐在轻微晃动的车厢里，呼出的蒸汽笼罩着玻璃，有种科幻电影的错觉。刚才被夜风吹醒的意识，又再度昏沉起来。车窗外无边的漆黑，跟我刚到法国的那个夜晚一模一样。偶尔掠过的小站台，借着幽暗的灯光，就像曾经发生过的幸福快乐痛苦悲哀，仅仅是微微闪烁，就顷刻间转瞬即逝，了无踪迹。时间变得异常缓慢，一个小时的车程，似乎倒退了若干年。周围的事物，在迟缓的步调间散发出静止的气息，远没有王家卫那趟开往 2046 的列车光鲜亮丽。

我突然疑惑此时此刻为什么会坐在这里，而不是存在于别处。单独旅行的意义在于，它通常容易让人不自觉地开始思考，就连玻璃窗里的影子是谁，也愈发不敢确定。否定和自我否定，变成一种深度的娱乐，无论你身在何方，迷失东京，或德州巴黎。

<<<

圣母百花大教堂

抬头环视，偌大的车厢只剩我和对面的一位老先生。老先生头发花白，戴着眼镜，身材瘦高，却很矍铄。偷偷打量着眼前唯一的旅伴，他如同刚才的我一样，正对着窗外发呆，长时间的沉默，只有轻微的呼吸。大家保持着拘谨，来对抗静静流淌着的枯燥。倒数第二站，他转过头，用英语问我。

Where are you going，young people？（年轻人，你要去哪里？）

Florence.（佛罗伦萨。）

For a visit？（是去游览吗？）

No，for a promise.（不，是为了一个承诺。）

我不紧不慢地回答，他笑着看着我，样子很亲切。

Are you going too，sir？（先生，您也去那里吗？）

Yes.（是的。）

他简单地回答，我也致以微笑。

For what？（去干吗？）

他并没有回答，之后两个人望着窗外，谁都不再说话。

My wife was buried there.（我妻子葬在那里。）

他突然告诉我。

如果我记得没错，buried是埋葬的意思，那意味着什么？告别过去，寄托哀思与默默的缅怀？他去佛罗伦萨也是为了一个约定吧，跟他的妻子。有些场景快速地切换，一张合照展现在我眼前，背景是部残旧的黑白相册。我开始幻想他们在一起的样子，一定非常幸福。

人们总喜欢对陌生人倾诉，哪怕仅仅是只言片语。有很多次机会，我也可以对萍水相逢的旅人谈起自己的过去，却一直没有勇气开口，那不是件容易的事情。

列车停靠在站台上，很久之后，我才回过神来。与这位老先生道别，收拾好背包，一个人跳下车。电子钟显示，现在是晚上7点50分。终于来到这座城市。

穿过熙熙攘攘的候车大厅，沿途挤满了等待着去四面八方的旅客。人们操着各种语言快速地交谈，警察牵着警犬到处游荡，缓缓巡视。我停下来，抬头看着上方正在翻动的时刻牌，上面有8点10分开往米兰的城际快车（Inter City），却见不到比它快一刻钟抵达的欧洲之星（Euro Star）。

搜索路边的电子地图，很快就找到一家叫做Mary's house

的小旅馆。它位于火车站旁一条灯火通明的街道边，三楼，很安静。主人是位热情好客的意大利老人，好像一直在等待我的到来。后来才知道，原来我是那晚唯一的住客。他把房门连同大门钥匙交给我，交代早餐在厨房的冰箱里之后，就匆匆离开了——第二天是周六，他要去乡下看孙子。于是这个夜晚，我拥有整个旅馆。

房间不大，很简单。单人床、书桌、椅子、衣橱、水台、一幅抽象画，还有个小阳台，从那里能看到外面的街道。楼下是条偏僻的小巷，那里挤满了看上去学生模样的人，他们靠着墙，交头接耳不停地谈论着。嗡嗡的话语声，像蒸汽一样扩散开来。对面的私宅里，男主人在看电影，低音炮里的轰鸣搅动着我的耳膜。他家的猫一直望着我，眼睛闪着幽光。

洗完澡，打开窗户。疲倦袭来，却没有睡意。拉上窗帘，坐下来，开始写日志。就算我带着一种认真的态度，但对着空白的纸，却始终无法起笔……就这样跟时间僵持着，那些在脑海里闪回的画面，如同跳跃的字符，怎么也抓不住。我像是得了失语症的病患，枯坐着，无能为力。

一个小时后，决定出去走走。

佛罗伦萨的夜风吹在我还有些湿漉的头发上，隐隐微寒。天空开始飘起星点的雨丝，我握紧相机，拐进一家热闹的餐馆。点了侍者推荐的招牌披萨，额外要了份墨鱼面和一杯水。味道还不错，我开始大快朵颐，抵抗着突然侵袭的饥饿。周围的人喝着啤酒手舞足蹈，或是窃窃私语如家庭聚会，安于现状的满足，浮现在每个人脸上。

隔着窗子，看着夜色中的佛罗伦萨。就算是下着雨，外面路人的步调依然很悠闲。汽车的头灯忽闪着，在光晕中缓慢滑过。它跟其他欧洲城市并没有显著的区别，但总感觉有些莫名的味道，吸引着试图接近的我。一对情侣在路灯下接吻，留下缠绵的剪影。鲜明的轮廓，像是尊合而为一的雕像。走过火车站的地下通道，偶然在镜子里看到自己模糊的样子。那个黑色的身影，让我想起某个人。初冬明媚的下午，她转过身，站在逆光的树下，阳光透过微卷的长发，烙在我的记忆里。

漫无目的地穿行在错综的大街小巷中，路灯忽明忽暗。如果没有慕名而来的游客，这座城市应该比此刻还寂寞。只有透过各种酒吧的橱窗，才能略微感到鲜活的存在和隐约的未来。

<<<

夜色中的圣母百花大教堂

人们安坐在家中，继续着一成不变的生活。有谁愿意在冷清的雨夜，独自出来游荡?

在香烟店里买邮票，顺便问店主人，主教堂 Duomo 在哪个方向。她惊讶地睁大眼睛看着我，说只要在夜里，任何地方都能看到那个发光的巨大圆顶。原来它一直在某处，只要你抬头仰望。

回旅馆的路上，我始终低着头，快速地行走。生怕提前看到那个在脑子里荡漾的画面，连同开始被遗忘的片断。我并不在意它建于何年何月，矗立了多少个世纪，那种自文艺复兴以来显赫的声名已经变得毫无意义。重要的是，我将在明天的某个时刻带着何种心情面对它的存在。正视内心的参照物，难免会惶恐。尤其是它就近在咫尺，更有些不真实。

那个晚上，我没有做梦。

闹钟响了两遍，我才挣扎着爬起来。7 点的光，微弱而黯淡。咀嚼着有些许发硬的面包，喝下整杯牛奶。空荡荡的厨房回响着我一个人用餐的声音，轻微的碰撞，不断重复。

走在寒风侵袭下的街道，几乎看不到什么人。佛罗伦萨的初冬，也会如此彻骨的冰冷。阴霾密布的云层，逐渐吞噬着边际的虹光。它一点一点消散，如同希望慢慢破灭，今日的天气似乎难以预料。这座城市还没有从睡梦中苏醒，到处皆是昨晚遗留的潮湿味道，堡垒、广场和公园。我只是路过，不会有片刻打扰。

火车站对面的新圣母玛利亚教堂（Santa Maria Novella）看上去很阴郁。这座哥特式建筑的巨大塔楼，似乎在积蓄着某种不满和怨愤。严肃的脸，对着身旁的行人，好像并不开心。穿过教堂侧面的意大利统一广场（Piazza dell Unità Italia），沿着 Melarancio 大街走，尽头是圣洛伦佐教堂（San Lorenzo）。冷清的广场上，坐着同样寂寥的人。在一片散落酒瓶的彼端，相隔了数个世纪。走下台阶，穿行在路边摊贩搭起的帐篷间，视线左移右转，避不开远方的大圆顶。它遥望着我，没有任何表情，散发着难以抗拒的威力。

几乎是在同一刻，天空开始放晴，灵光终于降临这座古老的城市。仅仅是几分钟，佛罗伦萨重新焕发出异样的神采。那是一种我从未见过的色调，让人感动起来。

走到它脚下的时候，成群的鸽子在晨曦里不停地飞过，翅膀扇动的声音幻化成单一的旋律。刹那间的视觉冲击，慢慢分解成淡淡的熟悉。仿佛相识多年的朋友，我们就自顾对视着。

>>>
登顶通道中的回旋走廊

这种情景，找不到可以修饰的词。看着手腕上的表，跳到八点零七分。我记得这个时刻，连同这个时刻的圣母百花大教堂（Santa Maria del Fiore）。

她只是一座由白色、粉色和绿色大理石，按照几何图案装贴起来的华丽建筑，像个戴着礼帽的巨人，沉默静坐，望向远方。阳光折射在她前面圣乔万尼洗礼堂（Battistero San Glovanni）黄金之门顶端那些诸神和天使们的身上，浮现出深沉的肃穆与安详。仰望旁边高耸的乔托钟楼（Campanile di Giotto），似乎有洁白的翅膀刚刚经过，去拯救世人。

每天，应该有很多人像我一样，等着登上 106 米高的教堂大圆顶吧。人们带着不同的目的，来此处完成同样的事情。为了曾经的承诺、简单的愿望，或者仅仅满足好奇。在那里，究竟会有什么特别的东西等待着，只有去过的人才明白。我只知道，大门开启的一刹那，很多事情都会随之改变。

登顶的路从来都是未知而漫长的，信念和毅力，是必需的代价。幽暗狭窄的楼梯，盘旋而上，布满沉重的压抑。仄仄的空间里，四周全是冰凉，湿漉漉的气息，透着怀旧味道。我抚摸着那些刻满名字的墙壁，不知名的笔迹，混合着各种颜色，涂写着一个个秘密的爱情故事，刺激着形单影只的陌生人，让我嫉妒得有些悲凉。踩在这样没有尽头的石阶上，会产生错觉，像是回到已经消逝了的时光隧道里，愈走愈冷，越走越长……思维渐渐停滞，腿脚却机械地继续移动。窥探着墙壁缝隙间的光，还有微微开启的窗户。只有外面随高度变换的景色，还在提醒我与现实的差距。

感到那片耀眼光晕的时候，我终于停了下来，瘫坐在台阶上，身体早已透支。面前的大圆顶，是另外一个世界。这里没有任何阻挡，看得到整片天空。那些熟悉的建筑安静地归于原位，没有任何改变，与小说中描绘的画面重叠着，只是某些颜色，再也消失不见。它们顷刻间就离开了这里，被忧郁的云遮掩起来。隔着铁丝网，下面是密密麻麻的屋顶，紧紧簇拥着，没有间隙。整片的橙红，却并不鲜艳。也许再过数百年，这座城市还是跟今天一模一样。除了记忆，任何东西都能被修复，它们甚至会变成另外的形状，让你更加困惑。

从这里，可以看到那些著名的钟楼、教堂、广场和远方的丘陵。在云和山的彼端，总有些东西在拼命挣扎着，不愿意

<<<

大教堂旁的乔托钟楼

离去。它们痛苦地扭动着身躯，若隐若现，就像人们的欲望。坐在教堂顶端唯一一条长椅上，聆听着风的呼吸。它们擦着耳际掠过，急速地变成某些刻骨铭心的旋律，冲击着我敏感的神经。那是段臆想的钢琴声，来自电影《甜蜜蜜》。

在这样微妙的时刻，我觉得很畅快。几个月之前，看完那本小说之后，突然很想站在这里，看整座城市的样子。那并不是包含深刻意味的伟大承诺，而只是内心世界里的小幸福，带着简单的定义。实现了，就满足了。

大理石柱上，刻着很多留言，某天、某刻、某个姓氏、海誓山盟，他或她的爱人：Duomo in Florence，is a top for the lovers.

突然看到昨天列车上遇到的那位老先生。他独自前来，扶着栏杆，眺望着远方，一直没有回头。这个留在相机里的定格，逐渐褪色，变得斑驳，可每次注目的时候，却总觉得他孤单的背影，有着永恒的瞬间。

<<<

大教堂顶端俯瞰整个城市的风景

有对中年夫妇一直站在我面前，很久。他们保持固定的姿势，没有牵手，没有交谈，也没有亲昵的动作。只是一同注视着某个地方，心神交会，如同两尊雕像，安然矗立。我不知道他们此刻在想些什么，彼此眼神里蕴含的，应该是种默契的幸福，静悄悄的，令人羡慕。

离开之前，我忍不住回头。记忆如同一部黑白分明的老电影，只在最后一刻才充满异样的色彩。眼前的天空，不透明，不清澈，也不纯粹，而是整片浅浅的蓝，已经足够。

踏出教堂大门，才发现外面早已是人山人海，天空再度晴朗起来。温和的光，从四面八方暗涌出来，人们无拘无束，享受其间。沿着中心广场一路拍来，那些年代久远的建筑，每天都被慕名前来的朝圣者赋予新的意义。对过去的缅怀和崇拜，飘荡在悠闲的空气中，慢慢沉淀，变成历史的陪葬。这需要时间与岁月的积累，脱胎换骨之后，便成就了伟大和隽永。

佛罗伦萨引以为傲的名表和皮具就散落在教堂周围星罗棋布的大街小巷的店铺里，偶尔瞥过橱窗，会有意想不到的发现。只是它们大多数被崇尚精细手工制品的日本旅行团所侵占，或即将被侵占。

<<<

佛罗伦萨的城徽

<<<

教堂铁门上的各种雕塑

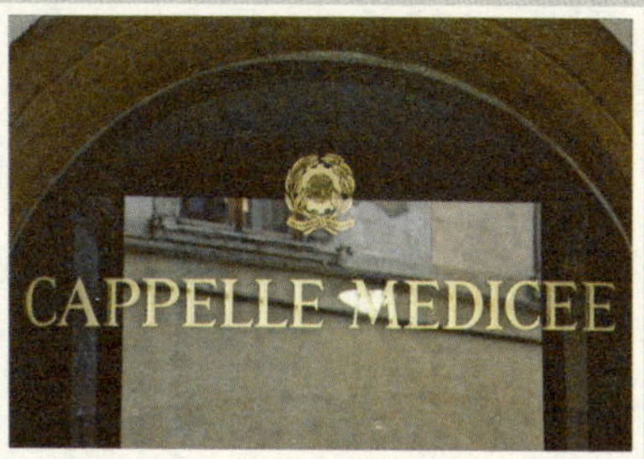

>>>
美第奇家族族徽

不知不觉又回到美第奇家族的地盘上。这个曾经一度牢牢控制佛罗伦萨和法国皇室、声名显赫、富可敌国的豪门望族，现在看上去似乎有些衰败，正在维修的大门低调而朴素。看上去威严的洗礼堂和家族的徽标，多少还保留着昔日的辉煌，只是被洛伦佐教堂巨大的身躯所掩盖，隐约有渐渐被人们遗忘的趋势。

共和国广场（Piazza della Repubblica）是除 Duomo 之外最热闹的地方。四周遍布著名建筑物和博物馆，整条大街餐馆、店铺云集，充满商业气息。横穿过附近的西尼奥里亚广场（Piazza Signoria），远望到维齐奥宫（Pal Vecchio）那座喧宾夺主的巨型钟楼。与圣母百花大教堂宗教中心的氛围不同，作为政治与民主的心脏地带，这里曾经是共和国最高执政官的办公场所，隐约透露出君主与王权的威严。正方形的广场上伫立着多尊著名的雕像，在海神战车喷泉与海马及白色大理石巨人旁，是美第奇家族大公科西莫一世的骑马铜像，前面则安置着米开朗琪罗“大卫像”的复制品。大卫这个著名的赤裸男优，在佛罗伦萨一共有三座，原作保存在学院美术馆（Galleria dell' Accademia），另一件复制品位于米开朗琪罗广场（Piazzale

<<<

共和国广场

<<<

共和国广场

<<<
共和国广场

Michelangelo)。它旁边是朱迪塔杀死奥洛菲尔内的雕像，看上去更像是血性好战的古罗马人。

兰奇长廊上堆满了行为艺术者和形形色色的卖艺人，场面相当火爆。大家好奇地驻足观看，跟那些假装固定的雕像比拼着耐性。偶有多事的小姑娘上前骚扰，不幸突然被袭，尖叫连连，引得人群一阵欢笑。

路的尽头，通往阿诺河上的老桥（Ponte Vecchio）。隔壁的宏伟建筑，便是大名鼎鼎的乌菲兹美术馆（Galleria degli Uffizi）。作为与卢浮宫齐名的博物馆，这座世界上最古老也最为重要的艺术圣殿收藏了文艺复兴时期所有的精髓与成就，随便一件展品甩出来都能吓死人。可面对排队等待的浩浩荡荡的人龙，我知道大开眼界也只能是如同博蒂切利那幅《春天》一样遥不可及的梦想。没有提前预订，一切皆是枉然。唯一安慰自己的，就是花一欧硬币在路边的小摊上买张赝品，好回家之后仔细研究。

沿着河边的大道漫步，体会着难得的静谧与安详。与途经雄伟的碧瑅宫（Palazzo Pitti）相比，头顶飘动的流云更具诱惑力。它们不停变幻着色彩，忽明忽暗，像是顽皮的孩子。无论

<<<

佛罗伦萨街头的艺人

<<<

佛罗伦萨街头的艺人

<<<

佛罗伦萨街头的艺人

>>>
阿诺河

我们身在何方，都拥有着同一片天空。这里流露出悲哀，那边绝对不会好过；此处若满是笑脸，彼端也应绽放欢颜。无论中国、法国，还是意大利，其实没有本质差异。这个世界是相通的，连同存在其间人们的生活。到了哪里，我们也都有着追求和放弃。这个过程需要时间，而时间里某些固定的成分，会慢慢肢解这种速度。就像现在这样，令我慢慢停滞思维，望着远方出神。那是一种真正的安静，即使汽车从身边呼啸而过，依然能听到自己清晰的心跳。

漫不经心地行走，渐渐远离城市，把喧哗留给别人。每一次停留，便按动一次快门。就这样，看着天空被厚重的云层覆盖，看着阳光投射而出然后消逝，看着再度聚集的阴郁和黯淡，看着远方佛罗伦萨的安定从容，看着最终展现出的绚烂晚霞。那些画面如同一道轮回，浓缩在生命的某个瞬间。

暮色中的佛罗伦萨，也许是我见到过的最美的景致。

沿着盘山公路，准备去对岸山腰的米开朗琪罗广场俯瞰整座城市的夜景。地图上显示它并不是很远，可我竟然迷路了。一个人四处瞎转，没有指示牌和路标，随即失去了方向。我急切地询问着路边偶遇到的吉卜赛大妈们，不停地重复着

<<<

乌菲兹美术馆前的蒙娜丽莎

Michelangelo 这个名字，可是说到口干舌燥，对方似乎也不能理解。她们的手指着各个方向，似乎整座城市随处皆是。这也难怪，米开朗琪罗他老人家实在太有名，早已深入人心，妇孺皆知。于是我横下一条心，沿着路走到底。

还是出门遇贵人，半路碰到一对抛锚的意大利夫妇。等他们修好车，便顺路载我去那个方向截然相反的目的地。直到站在另一尊大卫像的下面，我才松了一口气。没有三脚架，也缺少依靠物，我硬生生站着，小心翼翼地对准夜色中遥远的建筑们，屏气凝神，颤颤巍巍。那些镜头中的景物，变得比白天更真实。晃动而模糊的光晕，笼罩着古典的沧桑。

为了避免重蹈覆辙，我毅然拦下一辆出租车，叫司机直接开到老桥。透过车窗看老桥，它远比传说中奢华。这座佛罗伦萨最古老也最吸引人的桥梁，充斥着琳琅满目的金银首饰店。跟随着人群，我走马观花地左顾右盼。成群结队的黑人兄弟满手 Channel 和 Gucci，高声叫卖着，一副无法无天、正大光明的模样。

九点零五分，离凌晨一点去威尼斯的火车相距尚早，可相机存储卡告急，电池也用得精光。我变身弹尽粮绝的士兵，失去了武器，一时不知所措。游荡，在繁华的大街和偏僻的小

<<<

佛罗伦萨老街

>>>
繁华的老桥夜市

巷里，看到各种姿势接吻的情侣，看到脏兮兮的流浪汉和同样打扮的狗，看到大包小包满载而归的亚洲面孔，也看到四处乞讨的东欧难民和一张张匆匆躲避的冷眼白脸。这座城市的面孔，渐渐浮出水面……最后还是回到 Duomo，安静地坐下来仰望。从任何方向，确实都能看到它真实地存在。

四个钟头之后，我睁大眼睛，靠在站台露天的椅子上。生怕一旦睡去，就会遗忘掉昨天。在彻骨的寒风里，那趟去威尼斯的火车缓缓开来，安静得毫无声息。拿出笔，在身旁的柱子上写下时间。

十一月二十六日一点零一分，再见翡冷翠。

威尼斯，欢乐今宵

Venice, happy tonight

这趟凌晨时分从佛罗伦萨开出的夜车，行驶得异常缓慢。

换作是白天，不紧不慢的速度很适合悠闲观赏沿途的景致，可现在车窗外漆黑一片，除了偶尔掠过的孤寂站台外，只有模糊的影子作陪。独自占据宽敞的四人卧室，真是国内外大小旅行中的头回礼遇。只是隔壁一群穆斯林打扮、于扑克牌局间激战正酣的大叔们，让我内心深处多少有点忐忑，于是紧锁门窗，口念耶稣基督真主安拉阿弥陀佛，在有节奏的摇晃里慢慢安然入睡。就算炸弹袭击，也自岿然不动！

不知过了多久，一双大手把我从昏迷中拽回现实。那是张典型意大利男子的面孔，瘦长的脸颊、褐色的眼珠以及夸张的高鼻梁。他微笑着蹦出一句清晰的英文：Ticket，please（请出示车票）。我居然有点受宠若惊。

下意识地望向窗外，列车早已停顿下来，三三两两的旅客拖着行李缓缓前进。站台上机械钟的指针刚刚跨过罗马数字Ⅴ，旁边却赫然闪烁着Venezia。不由纳闷，票上的到站时间明明是六点一刻。意大利铁路还真是顽皮得可以，白天老牛拉车优哉游哉，夜里一路狂奔快若流星——这个奇异的国度，一切皆有可能。

第一次，在星光中抵达一座完全陌生的城市，人们叫她威尼斯。

说完全陌生或许有些夸张，毕竟心里还是有着太多熟悉的印象。记得高中时代，曾废寝忘食地玩那款叫做“轩辕剑Ⅲ云和山的彼端”的电脑 RPG 游戏，男主角赛特那段跨越欧亚大陆、一路东行的漫长旅程，便是起始于这座盛极一时的古老地中海贸易港。

118 座岛屿、180 条水道、378 架桥梁，自成一体，以舟贯通。这位充满魅力的“海上女皇”，却在最不可能建造城市的地方落脚，这本身就是一个奇迹。不到 7 平方公里的狭小面积，一度拥有全欧洲最强大的财富与权势。

威尼斯的历史相传开始于公元 453 年，当时这片地方的农民和渔夫们为逃避酷嗜刀兵的游牧民族，转而避往亚德里亚海中的诸多小岛。肥沃的冲积土质，就地取材的石块，加上用邻近内陆的硬木做成的小船，往来其间，自由驰骋；在淤泥中，在海水上，先祖们树立起了城市的雏形。历经千年的发展，见证了拜占庭帝国的辉煌与没落，14 世纪前后，威尼斯已成为异常繁忙的海港，被誉为整个地中海最著名的集商业贸易、旅游于一身的水上都市。14～15 世纪为威尼斯的全盛时期，它

>>>
幕色中的威尼斯

是意大利最强大和最富有的“海上共和国”。16 世纪开始，随着哥伦布发现美洲新大陆，大西洋沿岸的诸多新兴城市日渐崛起，威尼斯也风光不再，开始逐渐走向衰落。1797 年，威尼斯屈从于拿破仑强大的军力，有着一千多年历史的威尼斯共和国就此灭亡。1849 年，反奥地利的独立战争取得胜利。但由于种种原因，直到 1866 年威尼斯地区才和意大利实现真正统一，从此成为邦国不可或缺的重要组成部分。

作为驰名中外的旅游城市，这位意大利东北部的“伟大女神”一旦与水相连，便轻而易举地俘获了世人的芳心。水都 La Serenissima 的称谓，成就了她前世今生所有的浮光与繁华。如今的威尼斯，吸引全球目光的，除了浪漫风情与历史古迹之外，还有著名的电影节与双年展。某种意义上，她也是座不折不扣的艺术之都。只可惜，我无缘相见。

出了空荡的桑塔卢西亚火车站（Venezia Santa Lucia），一眼就可以看到运河上的赤脚修士桥（Ponte di Scalzi）。清晨的雾气朦胧，光晕萦绕，这时喝点小酒的话，我一定飘起来。猛然间，记起一部小时候惊吓过度的影片《阿姆斯特丹的水鬼》。同是水城，暗居河里的魑魅魍魉会不会把我一不

<<<

Oresi大街上的店铺

小心掟进去大卸八块尸骨无存。一阵海风吹来，我连连哆嗦起来。

迷失在一片错综复杂的巷子中足足两个钟头，我才瞥到那座著名的桥。视野开阔的 Oresi 大街曾经是城市商业的心脏，大小店铺鳞次栉比，单看精致繁复的橱窗，就能嗅到一股子繁华的气息。过了威尼斯的标志——持法典狮子像之后，没走几步就撞到大名鼎鼎的里亚尔托桥（Ponte di Rialto）。

在威尼斯大大小小的众多座桥里，里亚尔托桥最负盛名。里亚尔托桥又名商业之桥，全部用白色大理石筑成，桥长 48 米，宽 22 米，距水面 7 米高，两头用 12000 根插入水中的木桩支撑，桥上中部建有厅阁，横跨在大运河上。

里亚尔托桥建于 1180 年，原先是一座木桥，后改为吊桥。在 1444 年的一次庆典中，因不堪重负，拦腰折断。1580—1592 年，改建为现在的石桥。桥顶有一浮亭，两侧是 20 多家首饰店和贩卖纪念品的小摊，它一直是威尼斯最重要的商业区之一，曾作为欧洲的商业中心达 300 年之久。在莎士比亚的巨著《威尼斯商人》里，这座桥几乎见证了所有事件的始末。几个世纪以来，随着《威尼斯商人》不断被搬上银幕，又以话剧、歌剧等形式流传于世，里亚尔托也成了威尼斯的地标

<<<

里亚尔托桥

之一。

整个威尼斯主岛由全长 3.8 公里、呈 S 型的大运河（Canal Grande）所贯穿，它是这里最主要的水上动脉，同时也是最经典的观光路线。沿运河两岸矗立着近 200 栋大大小小的宫殿豪宅和 7 座风格各异的教堂，这些终年浸泡在水中任凭潮汐侵蚀的建筑物，多半是兴建于 14～16 世纪的古物。拜占庭式、哥特式、文艺复兴式、巴洛克式、洛可可式、摩尔式、威尼斯式，宛若一条令人眼花缭乱的艺术走廊。尽管这条运河不算短，但真正横跨她的，只有 3 座桥。除里亚尔托桥之外，就只剩学院桥（Ponte dell Accademia）和斯卡尔奇桥（Ponte degli Scalzi），凭空造出一种远离大陆的疏离感。

下桥过河，依然是条商业街。这座城市在晨光中慢慢开始苏醒，路人也渐渐多了起来。一路追赶着路边的鸽子，定下身，抬起头，看到一片海——那是属于贡多拉（Gondola）的天下。

如果说圣马可是威尼斯的神，那么这叶扁舟，无疑是威尼斯的形。威尼斯市内禁止任何车辆出入，因此城区的交通工具，只剩下船。除却像 bus 这样有着固定线路与停靠站的公交

<<<

威尼斯的城徽——持法典狮子像

>>>
大运河

艇 vaporetti，我们还可以随手拦下独此一家的水上 taxi 贡多拉，当然，前提是你的预算足够充裕。贡多拉是威尼斯特有的一种古老的游览船，船身狭长，首尾翘起，最适宜在狭窄的水巷中行驶。艄公身着黑白相间的传统服饰，头戴有红色帽箍的草帽，用单桨划船，操作娴熟。

贡多拉的制作严格而又讲究：长 11 米，宽近 1 米半，以栎木板为原料，用黑漆涂抹 7 遍方成。限坐 6 人，加船夫 1 人。乘着贡多拉，在古老的手风琴和其他乐器的悠扬音乐声中穿行于古色古香的水城河道中，欣赏两岸风土人情，古时候威尼斯日常生活的情景依稀在脑海里浮现，这实在是一种不可多得的享受！现在的平底贡多拉早已用庸俗铃声取代了之前招揽乘客的款款歌喉。如果想一寻究竟的话，官方参考价如下——晚 8 点之前 62 欧元，之后 78 欧元，历时 50 分钟。这种约定俗成的价格，是按每只船准乘 6 人计算的。

不是坐不起，只是一个人坐，六个字，凄凄惨惨戚戚。别人投来怎样的眼光无所谓，感觉是自己对不起自己。人家跟老婆、情人泛舟荡漾，你跟划船大叔吹牛神交。虽说也很特立独行，但这钱，实在花得太冤！

<<<

贡多拉

<<<

形形色色的贡多拉

再往前走，就是声名显赫的叹息桥（Ponte dei Sospiri）了。这座桥不像贯穿这座城市的其他几百位同胞一样供人穿越。它是座桥，也横过水面，但高高悬在两栋楼宇之间，很孤独。桥的一边是总督府，另一边是石造的楼房，外表一片漆黑，窗口围着粗粗的铁栅。

据说这是当年的监狱，在议事厅里被判处死刑的重犯会被打入死牢地下室，从此再也不见天日。他们只有最后一个机会——从总督府押过叹息桥的时候，可以被允许在桥上稍稍驻足，透过镂刻的花窗，看一眼外面的世界。那里有圣马可广场的码头，一条小河从下面流过，河上可以见到三座桥。桥上走着行人，桥下穿梭着贡多拉。船上坐着情侣，哼唱着情歌。

据说有个男人被判了刑，走过这座桥。“看最后一眼吧！”狱卒说，男人在窗前停下，攀着窗棂俯视，见到一条窄窄长长的贡多拉，正驶过桥下，船上坐着一男一女，在拥吻，那女子竟是他的爱人。男人疯狂地撞向花窗，窗子是用厚厚的大理石造的，没有撞坏，只留下一摊血、一具愤怒的尸体。血没有滴下桥，吼声也不曾传出，就算传出来，那拥吻的女人，也不可能听得到。如今血迹早被清洗，悲惨故事也被大多数人遗忘。只说这是叹息桥，犯人们留下最后一瞥的地方。回忆过去，

<<<

街头画家笔下的叹息桥

叹一口气，跟尘世说再见。

这个故事听上去多少有些悲凉。

登上开往丽都岛（Island Lido）的公交艇，选择坐在露天的船尾。对着波涛滚滚，一个人发呆，海风吹来，有点恍惚。拿围巾裹住嘴巴，看着沿途的风景和人，一点一滴退去，好像是部节奏缓慢的电影。天空依旧阴暗，但是心里却觉得舒服，这种自由自在的感觉，人生也难得拥有几回。一站又一站，靠岸，离岸，循环复始。目送去四面八方的乘客，看着他们相遇，分开，有说有笑，或者独自等待，突然觉得人生就像逆水行舟，不进则退，没什么可商量的。要么就此打住，要么一走到底。坐在前排的女孩一直默默注视着窗外，不知道她在寻觅什么，还是仅仅发呆。这一刻，人们怀着怎样的心情，简单，还是复杂？平静，还是波澜？恐怕只有自己知晓。

靠着窗户闭上眼睛，很容易就睡着。再度睁开的时候，船舱里空无一人，丽都岛到了。这座隔着亚得里亚海与威尼斯相望的岛屿，除了悦耳的名字之外，本身并没有什么特色，就像是个标准的居民住宅区——超市、杂货店、商场、咖啡馆、酒吧、餐厅一应俱全。最近声名鹊起，因为有着号称欧洲最好的

>>>
威尼斯通向外海的运河
和穿梭其间的公交艇

海滨浴场，以及电影宫。

沿着笔直的主干道走到底，很快看到海滩。路上鲜有人迹，没有晨练的，没有扫大街的，也没有出来遛狗的。在这个冬日的清晨里，人们似乎都凭空蒸发了。看来“被窝里暖和”已经是东西方的共识。途经电影宫，顺道进去。除了几尊被遗弃的狮子像和标志牌证明这里确实人声鼎沸过外，眼见之处只剩颓败，正所谓鸡飞蛋打、人走茶凉。近年来，世界电影市场普遍不景气，几个 AAA 级国际电影节也深受影响。初夏戛纳的红地毯虽然风光依旧，但早已锐气尽失，不复当年辉煌。寒冬里的柏林境况更糟，几乎成了冷清的代名词。资格最老的威尼斯，还在尝试稳中求变，艰难地维系着昔日的尊严。不过近年来华语导演们接二连三上演“擒狮”成功的好戏，威尼斯也从单个的旅游热门词，摇身一变成为了中国电影的福地。从 1932 年第一届的《化身博士》，到 75 年后的《色戒》。圣马可金狮，时时刻刻引领着欧洲乃至世界艺术电影的发展与潮流，此言不虚。

往前走不了几步，便听见涛声。如果你以为丽都岛跟马尔代夫一样椰林碧影水清沙幼的话，那一定会很失望。至少在冬季，这里的一切都是死寂与黯淡。灰色的浪拍打着浮桥，映出

<<<

丽都岛海滩

沙滩上五颜六色的贝壳。

坐在返回主岛的船上，远方浮起薄雾。一只海鸥很大力地飞过去，越飞越快，看得人满怀希望。慢慢驶进运河，闻到开始躁动的气息。蛰伏的人们三三两两安静地漫步街头。

拐进车站左边的商业街，热闹异常。这里几乎是所有纪念品的集散地，五颜六色、精彩各异的面具，个个皆是金字招牌。顺着巷子走进去，一位年轻的姑娘蹲在餐馆的后门偷懒，看到我，伸出两个指头放在嘴边，一看就知道是烟瘾犯了。我耸耸肩，抱歉地走开。

深入威尼斯核心地带，满目尽是载客的贡多拉。趴在桥头一顿猛拍，发现一位帅气的小伙子，跟客人有说有笑，天生一副演员料。送走了上一拨客人，小伙子划了一圈，估计没揽到什么生意，回来靠岸休息。我见有机会，挪挪屁股凑过去拍照。没按几张就被发现了，他没生气，反而微笑着招招手喊我过去。我有点做贼心虚，战战兢兢靠近。他问我是不是很喜欢贡多拉，我点点头，然后拍了几句马屁。小伙子听得挺乐和，问我从哪里来。我说自己在法国留学，一个人出来旅行。他说既然是学生，那我顺便载你一程吧，免费的。实在是出门遇

<<<

威尼斯面具

<<<

各式各样的面具是威尼斯最鲜明的标志

<<<
威尼斯面具

贵人，几句闲扯，便成全了我第一次也可能是最后一次贡多拉之旅。

我指着船头问这个图案是什么，小伙子说那是一条海龙——家族世代相传的徽标。总之呢，就是自打他爷爷的爷爷的爷爷开始就划船载客了。大概坐了 10 分钟，满意之极。为了不耽误人家做生意，我很有自知之明地主动要求下船。小伙子留了卡片给我，说下次带个姑娘来威尼斯，给你打折。

跟着突然涌出来的人群前行，看到三两成群散步的鸽子时，我知道圣马可广场到了。逆光里的圣马可大教堂颇有些神秘感，教堂旁的喷水台上，立着一只鸽子。我足足盯了它半个钟头，它始终未曾离开过自己的位置，只是默默注视着广场上的一举一动。此时此刻的圣马可广场有点像梦中的景致，从容不迫，蕴藏着大气。这座被拿破仑誉为“全欧洲最精致的风景画”的广场，一向是威尼斯的政治、宗教和传统节日与活动的中心。

广场一侧是圣马可大教堂和巴西尼加钟楼，另一侧是总督府和圣马可图书馆。广场拱廊下有着各式各样的精品店，旁边是几家赫赫有名的咖啡馆，偶尔还会有高水平乐队演出，成群

<<<

身着传统服饰的威尼斯船夫

的鸽子在人群中纷飞。广场边的码头称做小广场（Piazzaetta），威尼斯的城徽飞狮就高高地卧在小广场圆柱顶端，俯瞰众生。

我个人还是对矗立在一旁的钟楼（Campanile）更有兴趣。几个世纪以来，它一直被当作了望塔，以及为进入泻湖的船只指引方向的灯塔。1902年7月14日，这位身高98.6米的巨人突然坍塌，但后人更是厉害，用其残砖断瓦精心地将其修复如初。乘电梯上钟楼眺望，整座城市和岛屿的迷人景色尽收眼底，晴天还可以望见阿尔卑斯白雪皑皑的山顶，难怪当年伽利略要在这里向总督展示他的望远镜。都说意大利人的艺术品修复水平世界第一，看来对大宗建筑的起死回生也是独步天下啊！今日得见，确实佩服。

下了楼，直奔对面的圣马可教堂，跟着长长的队伍一点一点往前挪。猛然记起，好像旅行攻略里说一定要先去附近的巷子里把包存了，否则禁止入内。灵机一动，要了个小聪明，跑去对面的钟楼存包，这样省了排队的大把时间，一时得意无比。

<<<

圣马可广场

<<<

圣马可广场

<<<

圣马可广场

<<<
威尼斯广场上的黄道十二钟

在梵蒂冈的圣彼得完工之前，圣马可曾是中世纪欧洲最大的教堂，也是代表威尼斯建筑艺术的经典之作。传说在 828 年，两名威尼斯商人强行闯入埃及亚历山大城的一座教堂，盗走了圣马可的尸体，装在一个猪肉桶里偷运回了威尼斯，而圣马可教堂也就专为供奉这尊遗体而修建起来。耶稣门徒圣马可是圣经《马可福音》的作者，被威尼斯人奉为守护神，其坐骑是狮子。在威尼斯，随处可见长着翅膀的圣马可飞狮，它早已成为威尼斯的城徽。这些狮子的爪子踩在一本打开的圣经上，上刻着：愿您安息，马可，我的福音布道者。

圣马可不仅仅是一座教堂，同时也是一座收藏丰富的艺术品宝库。它融合了东西方两大建筑特色，起初为拜占庭风格，15 世纪时加入了哥特式的诸多装饰，如尖拱门等；到了 17 世纪，又加入了文艺复兴时期的潮流，如栏杆等。从外观上，它的五座圆顶据说是来自土耳其伊斯坦堡的圣索菲亚教堂，正面的华丽装饰源自拜占庭，而整座教堂的结构又呈现出希腊式的十字苍穹形设计，风格之多，集各家之所长，令人惊叹不已。

从 1075 年起，所有从海外返回威尼斯的船只都必须缴纳一件珍贵的礼物，用来装饰这“圣马可之家”。教堂内部，

<<<

钟楼上俯瞰威尼斯

<<<
圣马可教堂

从地板、墙壁到天花板，都是细致的镶嵌画作，其主题涵盖了十二使徒布道、基督受难、基督与先知以及圣人的肖像等，这些画作都覆盖着一层闪闪发亮的金箔，使得整座教堂都笼罩在金色的光芒里，因此圣马可又被称为“金色大教堂”。

内殿中间最后方的黄金祭坛之下是圣徒马可的坟墓。祭坛后方置有高 1.4 米、宽 3.48 米的金色围屏 Pala d'Oro，屏面上有 80 多幅描绘耶稣、圣母、门徒马可行事的瓷片，在这个画面上共有 2500 多颗钻石、红绿宝石、珍珠、黄玉、祖母绿和紫水晶等装饰；中央的圆顶是一幅耶稣升天的庞大镶嵌画，由一群威尼斯最优秀的工匠在 13 世纪完成。而这座伟大的教堂，在 1807 年之前，一直是威尼斯总督的私人礼拜堂。

即使它如此伟大，可是黑灯瞎火的，跟着周围的游客绕场一圈之后，我很快就出来了。印象，不算深刻。但对着圣母像，我还是很虔诚地许了愿，已经足够。

一片暮色照大地，我不紧不慢地走向钟楼去拿我寄存的包，然后，站在门前足足傻看了 1 分钟。

大门紧锁，标牌上清楚地写着：冬季 16：15 关闭。看看表，17：02。我连忙去敲门，没任何反应。只好找广场上执勤的警察叔叔，他们摊摊手说，没有办法，只有等明早开门了。我脑袋一片空白，仔细回想，背包里虽然没什么值钱的东西，但证件、票据居然都在里面，看来今晚飞回巴黎是绝对没戏了。

一阵落魄中，不知不觉来到威尼斯中央车站。突发奇想，能不能去找里面的工作人员帮我改签一张明早回巴黎的机票？售票处最右边有个窗口，上面特意写着 English。我走过去，告诉那位女士自己的遭遇。她居然说没问题，然后很热心地帮我查了很久，找到明早一班飞巴黎最便宜的航班，只需多补15.6欧元的差价。我很满意，连连道谢，这次旅行总能遇到好人，令人欣慰。

出了火车站，不知道该去哪儿。只有沿着运河随意地行走，偶尔驻足，看到许多飞逝的光。最后不知不觉，还是回到圣马可广场。仅仅只是一瞬，威尼斯便跨过黄昏，步入初夜。周围的光慢慢亮起来，雾气蔓延，化身成另一个世界，那些白日里飞舞雀跃的鸽子也不知所踪。人们开始匆匆离去，直到消失不见。一对情侣在柱子的夹缝里热吻，那些光照在他们脸上，忽隐忽现。

<<<

橱窗里的高级艺术品

忽然间，*As time goes by* 的旋律声缓缓响起。循着声音望去，在隔壁咖啡馆里，一双沧桑的手在琴键上来回跳跃：I fell in love with you watching Casablanca…心里默默吟唱着，渐渐看到英格丽·褒曼熟悉的脸。夜风吹过，好像坐在沙漠里。很久之后，感到微微的寒意。没有旅馆，没有朋友，甚至没有一张基本的身份证明，这个夜晚，我成了全威尼斯最可笑的过客！思前想后，这也不失为一次难得的意外，于是决定开始行走，去寻找白天看不到的东西。

街边橱窗里的光把大街小巷照得灯火通明。好像每一个白天凝固的面具，到了夜晚，都变得有了生命。在每年 2 月的威尼斯狂欢节里，人们换上另一幅尊容，互称对方“面具先生”。威尼斯的面具，大多已经脱离手工，变成一件绝世的艺术品，不知该用哪个词来形容某种感官上的愉悦，尽管它们的标价，往往比我预期还多一个零。

穿过许多不知名的回廊、桥梁和河道，本以为会迷失在这座被黑暗笼罩的城市。结果条条大路通罗马，任何一个街边拐角，都能看到去圣马可的黄色标志牌。绕了无数个圈子，还是回到原点。找个位子坐下来，不知道何去何从。海风拼命钻进

<<<
深夜中的威尼斯

身体，让我愈来愈清醒。这个夜晚，完完全全的一个人，却也不觉得有多孤单。躺在冰冷的石凳上，数远方建筑物上的神明。那些影子陪伴着我，睡去，醒来；再睡去，再醒来。大钟敲到第12下的时候，我翻身而起，决定夜游威尼斯。

这辈子恐怕不会再有第二次机会，让我看到这座城市24小时的面孔，近距离的，触手可及——小心翼翼外出觅食的老鼠，橱窗里闪烁着雪花点的电视机，瘫倒在街边喃喃自语的酒鬼，角落里瑟瑟发抖的流浪汉，路灯下吞烟吐气的妓女，闹了别扭追赶躲闪的情侣，对着电话大喊大叫的女孩，Bar中氤氲的雾气与噪音，牵着小狗、跟我一样眼神迷离的路人。有时候大雾袭来，他们都变成剪影，好像只是虚构的梦。

冻得实在受不了，便躲进水上公交站里。手机屏幕里不断变换着的阿拉伯数字，在死寂的夜里有种催眠的效果。看着看着，脑海里只剩下波涛拍岸的声响。一下一下，有节奏地慢慢退却。

海靠近我，
空气湿了。
黑暗温柔，

凝视着我。

繁星亮起，

回忆浮动。

曾经存在，

如今隐没。

……

睁开眼睛。很多鸽子拍着翅膀飞过去，光开始刺激敏感的眼球。起身拍拍脸，发现自己躺在圣马可广场旁回廊里的石凳上。昨晚发生了什么，有点疑惑。远方天空一片深蓝，金色朝霞，破浪而出。今天，又是新的开始。

看看手表，7 点一刻。广场上围了很多人，走过去，全是长枪大炮。几个模特在拍定妆照，看看工作人员手里的牌子，Giorgio Armani。

等到钟楼开门，取了背包。一路小跑到汽车总站等第一班机场巴士，隔壁书店反光的橱窗吸引了我，走过去，瞥到这样一行字：“离开威尼斯前一定要做的十件事。”一时觉得好奇，于是耐心看下去。

1. 贡多拉泛舟。

2. 上圣马可钟楼眺望威尼斯全景。

3. 逛里亚尔托桥集市。

4. 乘船大运河，观赏“威尼斯最长的街道”两侧矗立着的各种老建筑。

5. 在圣马可广场品尝咖啡，听现场乐队的演奏。

6. 参加威尼斯狂欢节。

7. 步行迂回曲折的小巷。

8. 夜游威尼斯。

9. 在玻璃工厂观看现场吹制玻璃。

10. 情人一定要在夕阳的叹息桥下拥吻。

我想里面有几条，应该是命中注定的。